永遠の世界

登場人物

ペリー・ローダン……………………新都市「テラニア」の設立者
レジナルド・ブル（レジ）………ローダンと行動を共にする無二の親友
トーラ・ダ・ツォルトラル………アルコンの遠征調査船《アエトロン》の元船長
ラス・ツバイ…………………………スーダンのテレポーター
スー・ミラフィオーレ……………治癒を促すミュータントの少女
カクトール……………………………フェロン人宇宙艦隊の元将校

クレスト・ダ・ツォルトラル……アルコンの遠征調査団の元学術長
トルケル＝ホン………………………トカゲ種族トプシダーの「賢者」
タチアナ・ミハロヴナ……………大ロシア出身のテレパス

カルフェシュ………………………〝それ〟の諜報者、ソルゴル人
ホムンク……………………………〝それ〟の第一の従者、イントトロニック頭脳のロボット
イメナー……………………………ホムンクの手下

クイニウ・ソプトール……………《アエトロン》の元乗組員

キトライ……………………………女性イルト

〝それ〟……………………………惑星ワンダラーの主

1

クレスト・ダ・ツォルトラル

そして鼓動が一回鳴ると、彼らは楽園にいた。

クレスト・ダ・ツォルトラルは立ち止まった。一瞬、何が起きたのか理解できずに身を硬くした。そしてゆっくりと振り返る。転送機の二本の柱から純エネルギー製のまばゆい光の噴水が伸び、上方でひとつになってアーチをつくっていた。アーチのなかには、説明のつかぬ形で光を呑みこむ底知れない暗黒が広がっている。転送機は、別の次元へ、別の場所へ続く門なのだ。

光のアーチが消え、暗黒も消滅した。まるで、はじめから存在しなかったかのように。

大西洋海底の透明なドーム、アルコン人《アルコニド》の植民地であった——そして彼らの目の前で滅亡した——アトランティス、過去の地球、植民地の住民の苦悩と死。すべてが背後に去り、もはや引き返すことはできない。

わきのほうから、間延びした虫の鳴き声のような音がした。地球のコオロギを思わせるが、もう少し低くて太い響きだった。それは、トルケル＝ホンの、ここ数週間の旅で信頼のおける仲間となったトプシダーの口から、発せられていた。

クレストは、トカゲ種族がこのような音を発するのを聞いたことがなかった。だが、神経系に埋めこまれた通訳機が訳さずとも、これは驚きの声だと確信できた。

なぜなら、ここは驚くべき場所だったからだ。

暖かい。手を伸ばせば届きそうなほど近くにある黄色い太陽が、クレストたちを照らしていた。彼らが通った転送機は丘の頂《いただき》にあった。その丘の周囲は、まちまちなサイズの石板で舗装され、さらにそのまわりを囲むように高さ数メートルの柱が並んでいた。だが視界をさえぎる壁も屋根も存在しない。クレストは、地球で訪れたことのあるギリシャ神殿の遺跡を思い出した。

足もとには街が広がっている。

「トルケル＝ホン」クレストは、トプシダーの文化圏では賢者と呼ばれている者に話しかけた。「お願いします、私は夢を見ているのではないと言ってください！」

「あなたは夢を見ているのではありませんぞ、クレスト。たとえそう感じておられるとしても」そう言って、トプシダーは片目につけている赤い眼帯をなでた。「夢が叶《かな》ったのですよ」

「そうですわ」片手でクイニウ・ソプトールを支えながら、タチアナ・ミハロヴナが同意した。「あなたの——私たちの——夢が、現実になったのです」

本当に特別な夢だった。クレストが何年も前からとりつかれてきた夢だ。命の夢。永遠の命の夢。

こんなことが現実でありうるのだろうか。目的地にたどり着いたのか？

クレストは体が軽く感じられた。この世界の重力はずいぶん弱い。地球の半分くらいだろうか。これは老アルコン人にとってありがたいことだった。彼は年老い、死の病に冒されていた。そのような体に耐えられるはずのない苦難を乗り越えてきた。

それでもこの場所に来るためなら、クレストはどのような苦難もリスクも引き受けたことだろう。ここへ来るために、地球を離れ、自分の命より大切だとさえ思っていた養女トーラ・ダ・ツォルトラルを裏切ったのだ。

そして今、クレストはここにいる。

鼓動が速まり、激しく打ちつけた。やったのだ！　古い人生の重荷がすべて降りたような気がした。クレスト・ダ・ツォルトラルは高名な男だった。人並み外れた知性と、比類のない偏見のなさを備えていた。何ものにもとらわれぬ思想家で、自分を縛るのは真実だと——真実だけだと——感じていた。不都合な真実を告げる者であり、摂政の敵対者であり、もはや避けられぬ様相を呈してきた己《おの》が文化の衰退を必死で押しとどめようとする闘士であった。

〝リコは嘘をついていなかったな〟と付帯脳が発言した。〝あいつは言っていただろう、おまえたちは「憧《あこが》れの地」に行くんだってな〟

思考の兄弟の声は、これまでに聞いたことがないほど快活で呑気だった。付帯脳はクレストの若い頃から彼自身の一部だったが、たいていは気持ちのいい話し相手ではなかった。皮肉屋で、警告者で、何かといえばあおってくる、人間が言うところの知ったかぶりだった。そのうえいつも、余計なことを言っては素晴らしい瞬間の魔力をだいなしにする。だが付帯脳自身も、この場所の神秘に捉《とら》えられていたのだ。

クレストは仲間たちから離れた。彼らはその場で凍りついていた。急に動けばこの夢がただの夢だとわかってしまう、そう恐れているかのように。クレストは数歩歩いてから、周囲をよく見ようと、不規則な形に削られた角石《かくいし》の上に立った。緑の丘が地平線まで続いている。丘にはうっそうとした森が茂り、さまざまな形や大きさの空き地が点在していた。丘の頂では植物のあいだから大きな岩がひとつそびえ、クレストは、地球のオベリスクのようだと思った。

谷のなかに街がある。建物は、蛇行《だこう》した川にそって並び、数々の支流ぞいにも建っていた。どれも低いつくりで、一軒ごとに分かれ、太陽の光を受けて宝石のようにきらめいている。ある方角に向かって――太陽の位置から考えれば、人間の概念でいうところの西のほうで――丘陵は平地に移行していた。その平地に離着陸場があり、靄《もや》のなかに消えていた。数機の小さな飛行装置、あるいは宇宙船が平地の上空にぽつぽつと浮かんでいる。その並び方に規則性はないようだ。

東の地平線に水が見えたような気がした。湖だろうか？　それとも海？　おそらく海だろう。肌をなでる暖かい風が、つんとくる潮《しお》の香りを運んできた。

ここが、永遠の命の世界なのだ。

そう考えると前腕に鳥肌が立った。この世界はいったい……？

苦しげなうめき声がして、クレストは我に返った。街の景色から無理やり目を離して振り返る。うめいていたのはクイニウ・ソプトールだ。アルコン人の血を半分引くこの女性は、アルコンの学術調査巡洋艦《アエトロン》の乗組員だった。クレストはその船で不死を探す旅に出て、地球の月に不時着したのである。

老アルコン人は、低重力ならではの身軽さで跳びあがり、角石を降りてソプトールのもとへ急いだ。地球出身の女性テレパス、タチアナ・ミハロヴナがソプトールの両肩をつかんでいる。アルコン人の血を半分引くソプトールの肌は黒い。頭には毛髪の代わりに赤錆《あかさび》の色のふわふわとした羽毛が生えていた。クレストは、彼女が《アエトロン》船内で羽毛の手入れに大変な時間をかけていたことを思い出した。今や羽毛のあいだにいくつもの大きなはげができ、かさぶただらけの荒れた頭皮が見えていた。まだ残っている羽毛はべとついて固まり、かつての輝きは失われている。

クイニウ・ソプトールは、哀れだった。

〝同情なんかお門違いじゃないのか〟と付帯脳がささやいた。いつもの調子を取り戻したらしい。〝この女は脱走したんだからな〟

〝今、我々は同じ船に乗っているのだぞ〟とクレストは応じた。〝おまえはどう考えている？　私がローダンとその仲間を月面で排除する代わりに、人間の側についたことについて、アルコンの裁判所はどう判断するだろうな？　あの野蛮人どもに我々の英知を引き渡したことについては？〟

恐怖に駆られた人間たちの手で《アエトロン》が破壊された際、生き延びたのはトーラとクレストとタミカ、そしてこのソプトールだけだった。だが彼女は、クレストとトーラのもとに駆けつける代わりに、ロボットのリコとともに海底ドームの転送機を通って姿を消した――その数週間後、クレストもまた、体内に広がった治療のできぬ癌《がん》のために、同じ転送機をくぐって古い人生を捨て去ったのである。

〝この女がやったことをどう言い換えてみても〟いつになく長い間《ま》をおいて、論理セクターが応じた。〝この女の救いにはならないんじゃないのか〟

　クレストはソプトールの前で立ち止まった。彼女と目を合わせようとしたが、銀色の虹《こう》彩《さい》を持つその目はぼんやりとしている。周囲が見えていないかのように——あるいは、自らの経験に捉えられているかのように。クレストは自分自身の体験を思い出した。時空をさまよううちに、彼女はどれほどの苦悩を目にすることになったのだろう。どれほどの不自由を耐えてきた？　これで人生が終わると、何度考えたことだろうか。

「クイニウはどうしたのでしょう？」

　クレストの問いはタチアナに向けられていた。女性テレパスは、両手をソプトールの両わきに差しこんでその体を支えている。酔っ払いを——あるいは大きな人形を支えるかのように。

「怖がっているんです」と人間の女性は答えた。

「なぜですか？　怖がることはないでしょう。我々は旅の目的地に着いたのです！　ここは永遠の命の世界に違いありません」

「だからこそ、かもしれませんよ？」タチアナはきつい口調で言った。

　タチアナはどうしたのだ？　この場所の崇高《すうこう》さを感じていないのだろうか。クレストは女性テレパスを子細に観察した。この女性はかつて、《アエトロン》の真の使命を知っていると脅迫してきた。だがクレストは、この若い女性に好感を覚えていたし、高く買うようになっていた。彼女は繊細で傷つきやすく——ときに付帯脳より頑固で強硬になることがある。テレパシー能力のためだろう、とクレストは考えていた。タチアナは、普通の人間には夢見ることしかできない能力を手にしている――だがその代償として、ほかの人間が自分をどう思っているのかを知らずに済むという恩寵《おんちょう》を失っていた。彼女は自分の身を守らなければならなかった。そのために、自分自身や周囲の者にきつい態度を取ることがあるのだろう。

「ここで何を恐れなければならないのか、私には想像もつきません」とクレストは言った。

「クイニウの状態には何か別の理由が……」

　叫び声にさえぎられた。

「クレスト！　タチアナ！　ご覧ください！」

トルケル＝ホンが力強い腕で離着陸場を指している。そこから飛行装置のひとつが上昇し、この丘へコースを取った。音もなく向かってくる。

「我々を迎えに来ているのですぞ！」とトルケル＝ホンが叫んだ。

「ええ、そうに違いありませんね」とクレストは同意した。だが急に不穏な気分に襲われた。過去の映像が頭に浮かぶ。ほんの数日前、ここにあるのと同じ型の転送機を通り抜けたとき、彼らは半球の惑星トラムプにいた。あのときは矢尻形のグライダーが近くの街からやってきた。昆虫種族オルグのガル＝エンにうやうやしく迎えられたが、それから数時間も経たぬうちに命の心配をすることになり……。

〝この女のために正気を失うな！〟と付帯脳がささやいた。〝トランプははるか昔の話だ！　似ている気がしたとしても、偶然に決まっている！〟

ずいぶんむきになっているな、とクレストは考えた。付帯脳にとり、タチアナは不気味な存在なのだろう。彼女のせいで、自分の存在基盤である謎めいた存在という地位を奪われそうになっていた。とはいえ付帯脳の言うとおりだった。トランプは死にゆく惑星であり、死の世界だったが、ここは命の世界だ。永遠の命の世界。タチアナは亡霊を見ているのだ。

「我々は間もなく不死者と対面する」とトルケル＝ホンが言った。「どのような姿をしているのでしょうな？」

「我々が期待しているような姿ではない、と思いますね」とクレストが応じた。

飛行装置は、飛行中と同じく物音ひとつ立てずに彼らのそばへ着地した。滴《しずく》のような形をしている。船体の下のほうはコバルトブルーで、上方は銀色に輝いていた。クレストはその光輝のなかにふたつの生き物の輪郭を見たような気がした。そのうちのひとつは子どものように小さかった。その飛行装置に、いきなり開口部ができた。

不死者が姿を現した。

人間のように見える。

なぜそんなことがありうるのだ？　転送機網を張りめぐらした不死者が、人間だったというのか？　それともアルコン人？　考えるのも馬鹿馬鹿しい。クレストは人間に敬意を抱くようになっていたが、その文明は原始的で、自分たちの星系の狭い領域から出ることさえできないのだ。人間は宗教的に不死を夢見ているにすぎない。だがアルコン人でさえ、そこから派生した多くの種族と同じように、高度に発達したテクノロジーをもってしても死への勝利は果たせていないのだ。

不死者が近づいてきた。

背が高く、ほっそりとして、一体型のコンビネーションを着ている。その服は太陽の黄色い光を受けて輝き、柱の陰を通るときには黒っぽい色彩を帯び、それからまた黄色に変わった。

やがて、クレスト・ダ・ツォルトラルとトルケル＝ホンの前で立ち止まる。

「ワンダラーへようこそ、栄光に値する者よ！」

そう言うと片手を上げて挨拶《あいさつ》の仕草をした。クレストは、その者の指の爪が継ぎ目なく肉に変化していることに気がついた。さらに、その者の青緑色の目と、内側から光を放っているように見える砂色の髪に目をとめた。そして、その者の言葉にはっとした。この不死者はアルコン語で挨拶をした！

クレストは全身を震わせた。口がいきなりからからになったような気がした。一瞬ののち、ふさわしい返答を必死で探して思考が渦を巻いた。

そのとき背後から悲鳴がした。鋭く、驚愕《きょうがく》した、苦痛に満ちた声だ。誰の悲鳴かと振り返ろうとしたとき、影がクレストのすぐ横を通って前に飛びだした。

影は黒かった。その頭には、赤錆色の羽毛がまばらに生えている。

クイニウ・ソプトールだ。言葉にならぬ憎悪が銀色の虹彩でぎらぎらと光っていた。

彼女の憎悪は、不死者に向けられていた。

2

カルフェシュ

「カルフェシュ！　ワンダラーが前方にあります！」

船の声に、〝諜報者〟は我に返った。カルフェシュは眠っていたのではない。ずいぶん長く眠っていないので、眠るとはどのような感覚かわからなくなっていた。

「ありがとう……」とカルフェシュは言った。その音声は、ねとつく塊のように唇のない口から出ていった。考えにふけり、現実から遠く離れていた。もしかしたら、眠るより物思いにふけるほうがいいと感じるのは、あれが原因なのかもしれない。眠るとインカディエの夢を見る。カルフェシュは彼女を抱きしめる。しっかりと。彼女にしがみつく。だがどれほど必死でつかまえようとしても、彼女は腕をすり抜けていってしまうのだ。

「大丈夫ですか？」と船が尋ねた。「あなたのバイタルサインが……」

「……どうあろうとおまえには関係ない！」カルフェシュは急に頭がはっきりした。「おまえは自分の権限を逸脱している」

「私はただ、良心に従ったまでです。私は……」

「おまえは、自分が何を言っているのかわかっていないのだ、船！」カルフェシュはコンピュータの言葉をさえぎった。「永遠の世界を見せろ！」

何の前触れもなく、内装らしいものがほとんどない小さな船室の壁が消えた。カルフェシュは宇宙空間にいた。宇宙を漂っているかのようだ。身を守る宇宙服もなく、頼れるのは自分だけ。星々が暗黒にかかっていた。ほんの小さな光の標識。画一的だが魅了される。カルフェシュはぐるりと体を回し、ほかの星より大きい光点を探した。

ワンダラー。

カルフェシュはアンブルを思い出した。最期の数分間をともに過ごした、年老いたトルトのことを。「星座は、凍りついた音楽である……」三つの目を持つフェロン人は、そう語った。

ヴェガ星系の支配者が最後に目にしたのは、星々だった――あの星系は、カルフェシュが知るうちできわめて壮麗で、同時にきわめて悲惨な場所のひとつだった。

壮麗なのは、青白い巨大な太陽が四三もの惑星を従えているからであり、さらにそれらの惑星が数百の衛星を抱えているからだった。その惑星のうち、少なくとも五、六個で多彩な生命が繁栄している。カルフェシュは、あの星系を生命の多様性の象徴のように感じていた。

　悲惨なのは、フェロン人が宇宙から贈られたプレゼントの価値を理解できていないことだ。彼らは、自らの故郷世界の壮麗さを享受する代わりに、内戦を繰り広げ、自分自身を、いやすべての生命を滅亡の淵に追いやった。だが、フェロン人が「暗黒の時代」と呼んだ戦争は終わった。トルトの力で。カルフェシュの働きで。ただ……。

「あなたは悲しんでいる」と船が勝手な口出しをした。

「違う、考えているのだ」

「トルトでしょうか？」

「私はそのような……」と言いかけて思いなおした。いずれにせよ、船は見抜くだろう。

「ああ、トルトだ」と認めた。

「私は有機体ではありません」と船は言った。「しかし、トルト・グアルが送ったものほど充実した良い人生はないように思えます。あの男は、かつては一兵卒で、体のおかしな者でした。フェロン人の戦争で無残に早死にするはずだったのです。しかしその代わりに、すべてのフェロン人の支配者にまで昇りつめ、暗黒の時代を終わらせました。あの第三の目ゆえに、物事を見抜き、本質を理解できたのです。これは通常であれば、有機体には不可能なことです」そして、よく考える時間が要るとでも言わんばかりに、船は数秒黙った。本来は必要のない時間だ。船は、修辞的な間をおくことの効果をカルフェシュから学んだにすぎない。「トルトの人生には意味がありました。なぜ悲しんでいるのですか？」

「おまえにはわからない」とカルフェシュは言った。

「あなたは傲慢《ごうまん》です」

「違う！」

「違うのですか？　でしたら証明してください！」

カルフェシュがワンダラーだと思った輝く点が近づいていた。七本指の手を握ってできる拳と、同じほどの大きさになっている。もちろん自分の鉤爪《かぎづめ》で怪我をしないよう、慎重に拳をつくらなければならないが。

　諜報者は背すじを伸ばした。何をいまさら失うものがある？　船は唯一の道連れだった。船を信用できないのなら、自分の存在にどんな意味があるというのだ？

「トルトは平穏のうちに死んだのではない」とカルフェシュは言った。

「トルトは、ああしなければならなかったのです」船の考えは違っていた。「それだけの理由がありました。しかし、充実した人生に対して、わずかばかりの絶望の瞬間にどれほどの意味があるのですか？　重きをおくことはないでしょう」

　本当に船はわかっていない。カルフェシュが言っている意味では。だが、別の意味ではどうだろうか？

「トルトは死にたくなかったのだ！」

「有機生命体で死にたがる者はいません。しかし、すべての者がいつかは死ぬのです。不死者であっても。それなのに、トルトには生きつづける恵みが与えられました」

「トルトを名乗る別の者がその地位に就くのだろう！」

「そして、そうすることで不死になる、そうではありませんか？　トルトがなしたことは、トルトの偉大な作品なのです。新たなトルトは初代トルトの偉業をそっくり引き継ぐのでしょう。そして、幾代にもわたる後継者が同じことをするのです。それ以上に何を望むのですか？　カルフェシュ」

　ワンダラーを示していた光の点がふたつに分かれた。

船が発した問いがカルフェシュの頭のなかでこだましていた。そうだ、あれ以上に何を望むというのだ？　答えか？　カルフェシュは、長年にわたって〝それ〟に仕えてきた。ゆるぎない忠誠心のもとに。だが、カルフェシュは見境のない協力者ではない。諜報者は注意深い観察者であり、表面だけを見て満足することはできなかった。カルフェシュは物事を徹底的に究明しようとしてきた。

　〝それ〟はヴェガ星系のいたるところに転送機を設置させた。カルフェシュの主《あるじ》は、グアルが転送機網を自由に使えるように手を回した。そして、ゼロ時間で星から星へ移動することを可能ならしめる装置によって、グアルはトルトの地位まで昇りつめ、暗黒の時代を終わらせ、フェロン人に平和をもたらしたのだ。

ただ。そもそもなぜ、〝それ〟はフェロン人の戦争を起こるに任せたのだろう。戦争を防ぐなど簡単なことではないのか？

カルフェシュは一〇〇年以上前のことを思い出した——レヤン、ヴェガ星系第七惑星のことを。心を奪われるほど美しい水の惑星だった。諜報者の乗る船がレヤン上空で砲撃され——ペリー・ローダンという男に従うヒューマノイドが破壊された船から救出してくれなかったら、カルフェシュは水の惑星の海でおぼれ死んでいたことだろう。ローダンは、ひと握りの仲間たちとともに時空をさまよっていた。それなのにフェロン人の戦争の発端となった反体制派の会議に出て、平和を守ろうとした。もちろん無駄な努力だった。ローダンはごく普通の生命体にすぎない。〝それ〟とは違って。

今やワンダラーはすぐそばに迫り、細部まで見分けられた。青と緑の世界に目をやる。うっそうと茂る緑に覆われたいくつもの大陸、広大な紺碧《こんぺき》の海。ワンダラーをめぐるふたつの人工太陽のうちのひとつが、見えない側に行こうとしていた。もうひとつの太陽の光はすでに光輝の輪となり、見えている側にはっきりとしたコントラストを与えている。

この惑星の見えない側の現状を把握すべく無人探査機を放出するのは、船にとって造作もないことだろう。だがそんなことは考えられなかった。〝それ〟はそのような行為をよしとしないのだ。

そして、フェロン人が一〇〇年にわたって虐殺しあうに任せることを、〝それ〟はよしとしたのだった。

「ペリー・ローダンのことを考えているのですか？」と船が尋ねた。

「そうだ」

「アンブルで、あの男とその仲間に、私の内部への侵入を許すべきではありませんでした」と船が責めた。

「ローダンはレヤンで私の命を救ってくれたのだ。おまえと私が一緒に働きはじめるより前のことだ。私は自分の良心に従った。あの男には借りがある」

「そうかもしれません。しかし、このような形で借りを返せると、本気で考えているのですか？　ローダンは死ぬことになる、それはあなたもおわかりのはず。ローダンの同行者も死ぬことでしょう」船は再び修辞的な間をおいた。「そしてあなたも、カルフェシュ、死ぬことになります！」

　自分は死ぬだろう……カルフェシュは自分の内面をさぐり、その言葉が胸のなかで何を引き起こしたのかを見定めた。意外なほど冷静に自分と距離をおいて観察していた。死ぬという考えに恐怖を感じてはいない、それはわかった。自分は……。

　……突然、感覚にベールがかかった。星々の光の点が、ワンダラーとふたつの太陽が、目の前から溶け去った。猛烈な嵐のなか、雨が伝い落ちるガラス越しに周囲を見ているかのようだ。足もとの床がなくなり、落下していくような気がした。膝《ひざ》を屈《かが》め、腕を伸ばし、変わることなく存在していた船の床に両手をついて、体を支えた。刺すような痛みが頸部《けいぶ》に走る。そして、そして……。

……そして、普通の感覚が戻ってきた。

何も変わっていないように見える。小さな、意味がないように思える例外をのぞいて。人工太陽の位置が大きく変化していた。今見えているのはひとつだけだ。〝それ〟が〈輝く街〉と名づけた街の、ほぼ真上にかかっている。もうひとつの太陽はワンダラーの向こう側にあり、この惑星を別の側から照らしていた。

だが、ささいなことという印象はまやかしにすぎない。太陽の移動にはきわめて重要な意味がある。すべてが変化したのだ。

「タイムトリップしました」と船が報告した。

「なんだと？　どこへ？　どれほどの時間を？」

「過去へ三〇年です」と、船は芝居でもなんでもない無関心ぶりで言った。高度に発達したテクノロジーの産物とはいえ、やはり機械だ。船にとってある時代にいることは、ほかの時代にいることと何も変わらないのだ。

「なぜだ？」とカルフェシュは尋ねた。

「〝それ〟は理由を説明しません。ご存じでしょう」船が言い聞かせるように言った。

「私は遠隔信号に従ったまでです。あなたの興奮ぶりは正常ではありません。あなたのバイタルサインの数値は、あなたの健康状態では耐えられないレベルに達しています」

「さっきも言ったが、おまえに私のバイタルサインの数値は関係ない！」カルフェシュは船に怒鳴った。

「ローダンのせいですね」と船は応じた。カルフェシュの叱責《しっせき》など聞かなかったかのように。「あの男があなたの重荷になっているのです。ローダンと同行者たちをループに移しておきましょうか？　フェロン人のガレアンとシムの二人は……」

「だめだ」

「直ちに排除するほうがよろしいのですか？」

「だめだ！」カルフェシュは吼《ほ》えた。

「適切とは言えない抵抗ぶりですね。排除したほうがいいのです。あなたのためにもローダンのためにも。ローダンも同行者も、死の前に苦しむことはないとお約束します。あなたにとってはそれが重要なのですよね？」

「だめだ！」とカルフェシュは繰り返した。「私はローダンに死んでほしくないのだ！　おまえはローダンにも同行者にも何もするな！　わかったか？」

「いいえ、わかりません。それでもあなたの指示には従います。ただし、私が警告をしなかったとは言わないでください！」

カルフェシュは反論をしようとしてあきらめた。腕を伸ばしたまま慎重に身を起こす。

足もとの床さえ信じられない気分だった。

　ワンダラーは手を伸ばせば届きそうなほど近い。人工太陽は、この惑星の見えている側の大部分を照らしている。端の部分だけが三日月形に黒くなっていた。あそこには不気味に明るい短い夜が訪れている。

　永遠の命の世界。

　ワンダラーのここからは見えない側で、〝それ〟がカルフェシュに不死のかけらを与えてくれるだろう。もうその時期が来ていた。ひどくなるいっぽうの骨の痛みから、ひしひしと感じる。船が用意してくれる薬ではおさまらなくなっていた。

　一瞬、またしてもワンダラーの映像がぼやけた。だが今度は船がタイムトリップをしたのではない。生きているかのような投影体が目の前に現れ、ワンダラーへの視界をさえぎったのだ。

　ヒューマノイドが一人、カルフェシュの目の前に現れた。うわべだけを見る者なら、ペリー・ローダンのような人間だと思うかもしれない。だが諜報者は鋭い目を備えていた。目の前に立つ者の完璧さが、その正体を洩《も》らしている。以前からよく知る間柄でなかったとしても、そうとわかっただろう。

　これは、機械だ。

「ホムンク！」カルフェシュは挨拶代わりにそう言った。「どうしたのですか？」

「報告を、諜報者」その機械もカルフェシュと同じく挨拶を省いた。「だが、短くな！　たった今到着した栄光に値する者を迎えにいくところなのだ」

「私の任務は完了しました」と諜報者は簡潔に言った。長々と説明せずに済むのは好都合だ。「トルト王朝は安泰で、フェロン人の平和も確実です。惑星アンブルは初代トルトからもらい受けました。準備は計画通りに進行し、間もなくアンブルは〝それ〟が定めた道をたどりはじめるでしょう」

カルフェシュは、今の話は現時点から三〇年先のことだと伝えるべきか、悩みもしなかった。〝それ〟にとって、過去や未来という概念に意味はないからだ。〝それ〟は好きなように自分の現在をつくりだせる。

「よろしい」ホムンクはさっと体を動かした。満足を示す仕草だろう。「着陸しろ！」

「その予定です」

ホムンクの輪郭がぼやけ——だが再び鮮明になった。機械が改めて諜報者に注意を向けたのだ。

「何か普段と違うことでもあるのか？」とホムンクが尋ねた。

「いいえ」カルフェシュは嘘をつき、自分の躊躇《ちゅうちょ》やわずかな声の高まりを機械が見逃すように願った。少なくともその理由を見抜くことのないように。「なぜでしょうか？」

「ただ、そんな気がした」と言ってホムンクは消えた。今度は戻ってこなかった。

カルフェシュは鉤爪の下のうずきを感じた。爪の下には、皮膚からはがれ落ちた角質を食べる微小な共生生物が棲《す》みついていて、宿主の興奮を感じ取り、うずきを生じさせるのだ。

「賢いとは言いがたい対処でしたね」と船が言った。普段より小さい声だ。コンピュータであっても、まずは聞いた話を消化する必要があるのだろう。カルフェシュは一線を越えたのだ。「ホムンクはあなたに目をつけています。ずっと前から、あなたは〝それ〟のいい従者ではないと考えていました。遅かれ早かれ、あなたの嘘は暴かれ、そして……」

「そんなことにはならない！」カルフェシュは船の言葉をさえぎった。「おまえが私の命令に従っていれば。だからもういいかげんにして着陸しろ！」

船は、従った。

3

ホムンク

″この女はここで何をしている？　絶対に戻ってきてはならなかったのだ！″
女が駆け寄ってきたとき、ホムンクの思考が激しく渦を巻いた。女は前へ長く腕を伸ばしている。長い爪は猛獣の鉤爪のようだ。
六次元コンピュータ《イントトロニック》の頭脳を備えた者は、身動きひとつしなかった。表面しか見ない者なら、ホムンクを有機体だと思うだろう。弱く、傷つきやすい存在だと。だが彼は機械だった。目に狂気と憎悪をたぎらせたこの女が何をしようとも、傷ひとつ負わせることはできない。
″リコはどうした？″とイントトロニックは自問した。″なぜこんなことを起こるに任せた？″
女との距離はあと二歩。ホムンクは女を観察し、分析した。羽毛はまばらになり、つやがなくなっている。伸びてひび割れた爪の下にはよごれがたまり、刺すような汗のにおいがした。

　クイニウ・ソプトールは、哀れだった。

　ホムンクは腕を上げ、女を捕らえようとした。この女の力が尽きるまで、押さえておくつもりだった。

　ところがそうはいかなかった。もうひとつの影がグライダーを離れ、ソプトールに飛びかかったのだ。

「イメナー、ならぬ！」とホムンクは叫んだ。影が動きはじめた瞬間、何が起こるのかわかったのだ。たった今ワンダラーに到着した栄光に値する者は、何者なのかわからない、という主の言葉をそのまま伝えていたのだが。

　イメナーは聞いていなかった。子どものように小柄な彼女は、アルコン人の血を半分引く者の腹に全力で体当たりした。ソプトールが悲鳴をあげる。悲鳴が力のないうめき声に変わり、眼窩《がんか》から目がせりだし、体が半分に折れた。二人はからまった毛糸玉と化し、何度も地面を転がると、ホムンクから数メートル離れたところで止まった。

　しばらくは二人とも身動きひとつしなかった。イメナーがソプトールを頭突きで殺したように見えた。やがてソプトールがすっと立ちあがり、敵をつかむと、その肉に爪を食いこませた。イメナーが痛みと驚きでわめきたてる。

「イメナー、やめるのだ！」

ホムンクは、従者の悲鳴をやすやすとかき消すほどの大声を出した。

イメナーは聞いていなかった。ソプトールをつかむと、人形のように揺すぶった。イメナーは子どものように見える。だがその体には何度見ても驚くほどの力が秘められていた。自分の倍以上も身長があるソプトールさえ引き裂きかねない――そしてホムンクが割って入らなければ、数秒以内に裂いてしまうだろう。イメナーは、激怒すると本当に子どものようになる。限度を知らぬのだ。まして、あの女の行為から受けたショックのことを考えれば、限度どころではないはずだ。だが放っておけば手遅れになる。〝それ〟であっても、死者を生き返らせることはできない。

ホムンクは介入すべきだった。

だが、本当に介入すべきなのか？　イントトロニックは動きを止めた。クイニウ・ソプトールが今この瞬間に死ぬのが、関わった者全員にとっていちばんいいのではないか？　過ちを犯す有機体である従者が起こした怒りの発作によって、悲劇の被害者となればいいのでは？　そうなれば、ホムンクの手間はいろいろと省けるはずだ。だがそれでは、自分が存在を始めて以来担《にな》ってきた使命を裏切ることになる。〝それ〟の従者でいるというのは、自分の願望をわきにおくということだ。

クイニウ・ソプトールは、転送機を通ってワンダラーに来た。彼女は主の試練を乗り越え、合格したのだ。彼女は栄光に値する者だ。ホムンクは、アルコン人の血を半分引く者の運命を決める立場にはない。決められるのは、〝それ〟だけだ。

「もうじゅうぶんだ！」

　ホムンクは前に飛びだし、さっと腕を動かして二人を引き離した。イメナーも正気を失ったソプトールも、機械の力には対抗できなかった。

「でもこの女は……！」イメナーは怒鳴りかけたが、怒りがおさまって口をつぐんだ。

「申し訳ありません。あなたを守りたかっただけです！」

「おまえに守ってもらう必要などない」ホムンクは従者をたしなめた。「グライダーのなかにいろと、明確に指示したはずだ」

　ホムンクはイメナーを放した。もう危険なことはしないだろう。怒りは燃えつき、見境のない衝動もなりを潜めている。これから数時間は、一言一句確実に命令を守るはずだ。

　ホムンクはソプトールに向きなおった。女は大きく目をむいてこちらを見ている。再び悲鳴をあげて立ちあがった。だがすでに力尽きていた。突然目がうつろになり、体の緊張が緩んでくずおれた。地面に叩きつけられないよう、ホムンクが抱きとめる。

「クイニウを放して！」栄光に値する者のなかから一人の女性が進みでた。「もうそっとしておいてあげて！」

　ホムンクは言われたとおりにした。アルコン人の血を半分引く者に触れているのは、気持ちのいいものではなかったのだ。

ソプトールは転倒しかけたが、別の女性が支えてそっと地面に横たえた。

「クイニウ?」と女性はささやいた。「大丈夫?」

ソプトールは返事をしなかった。気を失っていたのだ。

ホムンクが代わりに答えた。

「あなたの……」と言いかけて適切な概念を探す。「……あなたの仲間は衰弱しているのです。私なら彼女を助けられます」

「クイニウにさわらないで!」

「お約束します。決して悪気があって……」

「そうなの? それならなぜクイニウはあなたに向かっていったりしたの? なぜあなたの……あなたの手下は、もう少しで彼女を殺すところだったの?」

〝クイニウ・ソプトールに何があったのか、おまえは知らぬのだな!〟

ホムンクは安堵《あんど》した。

「あなたの一番目の質問にはお答えすることができません」とイントトロニックは嘘をついた。「私の従者の思慮を欠いた行為については、おわびをさせてください。イメナーはときおり興奮しすぎることがあるのです。ただ、彼女は自分の主を守ろうとしただけなのですから、この点についてはご理解ください」

女性は馬鹿にしたように鼻を鳴らした。見せつけるように、気を失ったソプトールに身を屈める。

ホムンクは、女性の非礼をたしなめるのをあきらめた。記憶が始まったときから、彼は転送機を通ってワンダラーに現れた栄光に値する者を迎えてきた。彼らの多くは襲いかかってこようとしたものだ。身体的な存在形態も思考様式も、そう大きく違うはずのない生命体たちだ。彼らに共通していたのは、永遠の命の世界を探す者に〝それ〟が課した試練を乗り越え、合格したという事実だった。その試練は探求者を能力の限界まで追いこみ――超越させるのだ。

彼らは、ワンダラーに着くと、それまでのしかかっていた重圧を爆発させることがある。ホムンクはすでに何度も罵声《ばせい》を浴び、脅され、攻撃までされてきた。もちろん本当に危険な目に遭ったことは一度もない。

「タチアナの非礼をお許しください」白銀の髪の老人がホムンクのほうに進みでた。「我々の精神状態は、良好とは言えないのです。ここ数週間、大変な経験をしてきましたから」

「それはよくわかっております、栄光に値する者。謝ることはありません」

老人はお辞儀をした。

「私はアルコン出身のクレスト・ダ・ツォルトラルです」と自己紹介をした。「私はデレンガーで、所属は……」ふとアルコン人は口をつぐんだ。微笑むと、自分自身を茶化すかのように目を回した。「そうですね」と話を続ける。「ここでは、そのような社会的地位などあまり意味がない、そうではありませんか？」

「あなたの古い人生は過去のものとなりました」とホムンクは同意した。「後戻りはできません」

　クレスト・ダ・ツォルトラルは並外れて高齢な男だ。不死の候補者というのは、たいてい若くてがっしりとしている。そして健康だ。だが、このアルコン人は病んでいた。皮膚はこけた頬に張りつき、あまりの薄さに肉の下の骨さえ見えそうなほどだ。いったいどうやって試練を耐え抜いたのだろうか？

「それはよかった」とクレストは応じた。ホムンクにというより、自分自身に言っているかのようだ。アルコン人はふと考えこんだが、やがて今ここに注意を向けなおした。「私の同伴者たちをご紹介してもよろしいでしょうか」

　クレストは、クイニウ・ソプトールを抱いてイメナーをにらんでいる女性のほうを見た。あまりにも鋭い目で見られて、イメナーは視線から身を守ろうと両手を顔の前にやり、しくしくと泣いた。

「タチアナ・ミハロヴナは地球の出身です。そして彼女は……いや、やめたほうがよろしいでしょうね？」

アルコン人はトカゲ種族のほうを向いた。その者は、機能しなくなった視覚器官を交換できぬ原始的な文明の一員であるかのように、片方の目に眼帯をつけている。それともこのトカゲ種族は、試練のあいだに片目を失ったのだろうか。ならばたしかに悲劇的だが、それで不死を手に入れられるなら、安い代償だろう。

「トルケル＝ホンはトプシドの出身です」

トプシダーの態度からは、クレストの話を聞いているのかどうか判断がつかなかった。身を硬くしてそこに立っている。目はうつろだ。ホムンクは驚かなかった。これまでトプシダーに会ったことはなかったが、別の数十人のトカゲ種族と知り合う機会はあった。その全員が、哺乳《ほにゅう》動物に由来する知性をうろたえさせる硬直ぶりを見せた。トカゲの仕草は見慣れぬものだったが、だからといって無表情には見えなかった。ホムンクは、機械は、そこに連帯感のようなものを読み取った。

トカゲ種族は、クレストにならってすぐにお辞儀をした。

「お会いできて嬉《うれ》しいですぞ」とトルケル＝ホンは言った。「あなたは……？」

「ホムンクです。〝それ〟の第一の従者です」

「〝それ〟……？」クレストは、長く引き伸ばしながら繰り返した。アルコン人は、ホムンクの主の名前をはじめて耳にしたようだ。「〝それ〟が、この世界の主なのですか？」

「はい。〝それ〟はワンダラーの主です。何よりも」

「それで、ワンダラーは永遠の命の世界なのですか？」

「そのとおりです」とホムンクは同意した。

イントトロニックの言葉に応じたのは、畏《い》敬《けい》の念に満ちた静寂だった。クレストは震えていた。そうでなくても青白い顔から色が消えた。トカゲ種族のトルケル＝ホンがそばへ急ぎ、老人を支える。意識のないソプトールをさすっていたタチアナの手が、心臓の真上で固まった。タチアナは心の底まで射ぬきそうな目でホムンクを見すえた。

「〝それ〟は、永遠の命を与えるのですか？」クレストは、こう問うことを自分に強いるかのようにささやいた。違うという返事を恐れているかのように。

「〝それ〟が認めるならば」とホムンクが応じる。

「〝それ〟って、誰なの？」とタチアナが尋ねた。

「〝それ〟です」

「それでは答えになっていないでしょう！」タチアナが責めた。彼女の指が意識のないソプトールの心臓の上の服をつかみ、拳のなかへ握りこんだ。

「私にお答えできるのは、これだけです」

ホムンクは真実をタチアナに告げた。〝それ〟とは何かを言葉で表現するのは、彼、イントトロニックであっても不可能なのだ。

「いつ〝それ〟に会えるのですか？」とトプシダーが尋ねた。

「〝それ〟が会うことを認めれば、すぐに」とホムンクは言うと、手を上げて、街から転送機まで乗ってきたグライダーを指した。「どうぞこちらへ、栄光に値する者。大変な苦難の日々は終わりました。街であなたがたのお部屋が待っています。そこでゆっくりとお過ごしください」

ホムンクは背を向け、グライダーへ歩きだした。イメナーがうなだれてそれに続く。自責の念が彼女に重くのしかかっていた。栄光に値する者には、彼らが自分のあとからついてきているのかどうか、肩越しにたしかめるまでもない、ホムンクがそう確信しているように見えるだろう。だがイントトロニックの知覚に死角はなかった。ホムンクは、トカゲ種族がクイニウ・ソプトールのそばへ行く様を捉えた。トルケル＝ホンは、ぐったりとした体を抱きあげ、肩にかついだ。力をふりしぼるまでもないようだ。力強いトカゲ種族は、ワンダラーより強い重力を持つ世界の出身なのだろう。

ホムンクはイメナーに操縦を任せた。集中を要する作業は、精神のバランスを取り戻す助けになるはずだ。タチアナとトルケル＝ホンが、意識のないソプトールをグライダーの後部座席へ慎重に横たえた。女性とトカゲ種族は後方の席にとどまり、ソプトールを守ろうとするかのようにそのそばに座った。クレスト・ダ・ツォルトラルはホムンクの斜め後ろに席を取った。

全員が座ると、イメナーはグライダーを発進させた。数分間、ホムンクは黙っていた。

栄光に値する者が、街とその周囲を高い場所からゆっくりと眺められるよう、配慮したのだ。やがてクレストに顔を向けると、さり気なく尋ねた。

「リコはどうしたのですか？　なぜあなたがたと一緒に来なかったのでしょう」

「リコが望まなかったのです」アルコン人はすんなりと説明した。今の問いは不信感を抱かせなかったようだ。「地球で使命が待っている、そう話していました」

　クレストは考えこむようにあごをなでた。灰色の短い髭《ひげ》が生えている。ホムンクは、アルコン人がリコの使命を説明するのだろうと思った。だが勘違いだった。

「アトラン・ダ・ゴノツァルは、どうしているのですか？」とクレストは尋ねた。「あの不死者は、どこに呼びだされたのでしょうか」

　アトラン・ダ・ゴノツァル。ホムンクは、その名前を聞いたことがなかった。

「私には、それをあなたに伝える権限がありません」と、急いで嘘をついた。不快感が彼のなかでうごめいた。アトラン・ダ・ゴノツァルという名の不死者？　なぜ私はその男を知らぬのだ？　ホムンクは〝それ〟の第一の従者だ。永遠の命への道は、彼を経て続いている。たいていの場合には彼を経ている。何があったのだ？　いや、この病んだ老人はたわごとを言っているのか？　この男は……。

　にわかにまばゆい光がひらめき、ホムンクを、グライダーを、街を、そして下の丘を呑みこんだ。イントトロニックの思考が止まる。イメナーは悲鳴をあげた。何が起きたのか理解できぬからではない。逆だ。イメナーは、あのまばゆい光が何を意味するのか、正確にわかっている――だからこそ畏敬の念と喜びに震えているのだ。

一瞬ののち、光は消えた。

「な……何だったのでしょうか」クレストはうめいた。アルコン人は、そしてほかの栄光に値する者も、目に手をかざしたのは手遅れになってからだった。これから数分は、まぶしい光で目がくらんだままになるだろう。

「何でもありません」とホムンクは嘘をついた。「ワンダラーのふたつの太陽のひとつで定期検査がおこなわれた、それだけのことです」

〝それ〟が来訪を予告した。

〝それ〟が、ワンダラーへ向かっているのだ。

4

ペリー・ローダン

光った。

ペリー・ローダンは驚いて飛び起き、反射的に両手を目に押しつけた。だが何の役にも立たなかった。まばゆい光に目がくらんだ。内面に刺さり、心の奥底まで触れた。うめき、どこかへもぐりこもうとする——だがまばゆい光は、現れたときと同じく、にわかに消え去った。

ローダンは身を起こした。目を素早く動かすと、しだいに薄れるカラフルな鬼火が網膜で躍った。ここは船室だろうとローダンは考えていた。仲間たちは何事もなかったかのごとく、部屋のあちこちに横たわって眠っている。

この船室に彼らは身をひそめていた。アンブルで、このコバルトブルーのシリンダー船に忍びこんだ。このタイプの船に入るのはこれで二度目だ。一度目は——ほんの数日前のことだが――ヴェガ星系の惑星ロフスで足を踏み入れた転送機によって、シリンダー船に送りこまれた。だが奇跡的なめぐりあわせのおかげで、船に入る資格のない侵入者を殺そうとした者から救われたのだった。

自分たちは気づかれたのだろうか。

ローダンはドアを見た。閉まっている。深呼吸をして、柔らかいエネルギーフィールドから離れた。このフィールドは、スー・ミラフィオーレと一緒にベッドとして使っていたものだ。ローダンは自責の念に駆られた。疲労に負けてしまったからだ。見張っていると仲間に約束したのに。たとえ意味のない約束だったとしても。敵を見つけたところで、いったい何ができる？　どこに逃げられる？　この船はアンブルを離れた。とっくに宇宙空間へ出ているはずだ。

彼が見張りにつくと言っても、驚いたことに誰ひとり反対せず、数分もしないうちに皆が寝入った。ローダンは自分に寄せられた信頼に面食らった。いや、そんなことは勘違いにすぎないのだろうか。皆が自分の提案を受け入れたのは、ただ単にはてしなく疲れていたからかもしれない。

「な……何だったの？」スーが身じろぎをした。「今の光は何？」

若き女性ミュータントは上体を起こした。無意識に右手を左手首に置いてさすっている。そこにあるのがふつりと切れた腕の先ではなく、手だというのが、今でもなんとなく信じられないかのように。

スーの腕は子どものように細かった。だが、すじ張っていて筋肉質でもある。スー・ミラフィオーレは、不死を探す旅を経て、ごく短いうちに大人の成熟を身につけていた。

「わからないな」とローダンは答えた。そう言っているうちに部屋の床が振動しはじめた。シリンダー船の腹部から、始動した機械音が伝わってくる。

「目をあけずにいれば」と、レジナルド・ブルが口を開いた。この男は、もうひとつのエネルギー製ベッドをフェロン人のカクトールと分けあっていた。「タイ航空のスーパーファーストクラスの個室で、大陸間の長い旅もそろそろ終わりって頃、ふわふわのベッドに寝転がってるような気分ですぜ。ボーイングドリームライナーがタイヤを出して、ラガーディア空港に着陸するところってわけだ！」

カクトールが野太い大声をたてて笑った。彼らしい笑い方だ——そしてブルの冗談に笑ったのは、よりによってこのフェロン人だけだった。昔の地球のことを知らないのだから、この冗談がわかるはずはない。だがそれは何の障害にもならなかった。文化の違いがあっても、カクトールとブルは理解しあえるようになっていた。

二人とも宙航士だった。二人とも、この宇宙船で何かが起きていると感じていた——そして二人ともが、この状況ではユーモアだけが逃げ場になると、よくわかっていた。

「今は光速以下で飛行中ですね」と言い切って、トーラが立ちあがった。彼女は床で眠ったのだ。三台目のベッドを、テレポーターのラス・ツバイが一人で使えるように譲ったからだ。「ツバイには、その資格があります」と、彼女は言ったのだ。「ツバイがいなければ、我々はとっくに死んでいたでしょう。それに、休んでもらわなければなりません。すぐにでもまた、力を発揮してもらうことになるでしょうから」

「それでは、我々はまだヴェガ星系にいるわけですね」と、ローダンは落胆して言った。時間のたしかめようはなかったが、シリンダー船に入ってから何時間も経ってはいないはずだ。「遷移は感じませんでしたから」

「それだけでは何もわかりませんわ」とトーラが反論した。「この船の持ち主は、転送機を意のままにできるのです。したがって、ゼロ時間で長大な距離をまたぐ、知的生命体に痛みを生じさせないテクノロジーを使いこなすことも、できるでしょう。その際にタイムトリップまでできるのですよ」

「さっきの光は、超光速移動に付随する現象だと考えているのですか?」

「それを裏づけるさまざまな要素があります」トーラは衣服のしわを手でなでて伸ばした。無意識の仕草だろう。このアルコン人女性は、どのような状況であっても身なりに気を遣うのだ。「永遠の命の秘密まで解き明かした可能性のある者が、遷移よりも粗野ではない超光速飛行法を手にしていないとしたら、驚いてしまいますわ」

「〝粗野〟ですかい！　これはぜひ拝聴しなけりゃなりませんな！」ブルが立ちあがり、

あごの無精髭をなでた。ローダンの親友が重きをおかないことがあるとすれば、それは身なりを整えることだった。「どうかお許しを、マダム！　あなたの謙虚な言葉が、アルコン人の口から出たとはとても思えなかったもんですから」と言って、皮肉のこもったお辞儀をした。

　トーラは身を硬くした。

「あなたは、我々アルコン人について何を知っているのですか？　ミスター・ブル」

　彼女の目で怒りがきらめいた。

「そうですね、ひとつやふたつはお試しさせてもらいましたが……」

「そのとおりです！　我々の技術を〝お試し〟していなければ、あなたは今頃、きたならしいちっぽけな地球で泥浴びをしていたはずですわ！」

「だったら何だっていうんですかい？　そのほうがずっとましでしょうよ。くたばる一歩手前の頭がおかしいじいさんを探してるよりは……」

「クレストは頭がおかしいのではありません！　アルコン史上なかったほどのきわめて重要な学者なのです！」

「そうですかい？　だったらなんで……」

「もう終わりだ！」ローダンが割って入った。「もうじゅうぶんです！　神経がまいっているのはよくわかりますよ。私もそうですから。しかし、我々は絶対にもめてはならないのです。いいですか？　我々は団結しなければなりません！」

ローダンはブルとトーラを見た。親友とアルコン人女性は、ここ数週間でかつての敵対関係を解消していた。二人は互いの個性を認めあうようになり、物事への対処の仕方はまったく違うにせよ、無条件に信頼しあうようになっていた。

だが違いはそのままだ。ブルは冗談や辛辣《しんらつ》なコメントで重圧を解消しようとするのに対し、トーラは対象に完全に集中して感情を排除しようとする。行動できる場合には、二人は互いに補いあい、ブルは粘り強さと型にはまらない発想力を、トーラは意志の強さとナイフのように鋭い冷ややかな知性を発揮できる。ところが無為に待つしかなくなると、互いの喉もとに食らいつくチャンスをうかがいはじめ……。

「口出しをしないでください、ローダン！」と、ことさら冷淡にトーラが言った。震える声が、裏にある真の感情を暴露している。「これはただ単に、ブルと……」

「そんなことより、目のこすりあいでもしたほうがいいんじゃないですか」ラス・ツバイがアルコン人女性の言葉をさえぎった。「こっちを見たほうがいいですよ！」

ローダン、そして言い争っていた二人が振り返った。黒い肌のテレポーターは無口で思慮深い男だ。ラスはあまり話さない――だがその彼が口を開いたなら、耳を傾けるべきなのだ。

ドアの反対側の壁が消えていた。その代わりに、はてしない宇宙が見えている。少なくともそのように感じた。これはホログラムに違いないと、ローダンは一瞬で見抜いた。星々が、単独で、あるいは固まって、暗黒のなかで光っていた。そのうちのひとつが、画面の真ん中にある星が、大きくなっている。

ローダンは、目に見えぬ手に胃をつかまれ、ぎゅっと押しつぶされるような気がした。

「ということは」ローダンは言葉をしぼり出した。「もうすぐあそこに行くのだろうな」

「そうですな。あれがどこだとしても！」とブルがささやいた。同じようにこの光景に魅了されている。目の前にあるのは何だろうか？

光の点がゆっくりと大きくなる。

「太陽だ！」ブルが目を細めて言った。「あそこが目的地に違いありませんぜ！　誰か惑星が見えるか？」

皆が首を横に振って応じた。

スーが立ちあがって隣の部屋へ、彼らが「バスルーム」と名づけた場所へ入っていった。そこは内装が何ひとつない直方体の空間で、しばらくしてトーラが謎を解くまで、使い方がわからなかった。だが、そこに望む設備があるかのように振る舞うだけでよかったのだ。両手をこすり合わせれば指に水がかかる。カップを持つように手を差しだすと、指のあいだに容器が現れる。そして虚空からきれいな冷たい水が注がれるのだ。

疲労に圧倒されるまでの数分間、このバスルームと船室を使うことが想定されている種族は、どのような外見をしているのだろうか、とローダンたちは話しあった。だが結論は出なかった。ここの構造から使用者の身体的な特徴を推測するのは無理だ。だがまさにそこなのだ、と、寝入る数秒前にローダンは気がついた。この船室は、考えられるかぎりの実にさまざまな生命体が利用できるように、つくられているのだ！

スーがバスルームから戻ってきた。器用にバランスを取りながら透明なカップを運んできて、皆に配った。ローダンは感謝してひとつ受け取り、冷たい水を飲んだ。船に入って数分後にこの無人の船室を見つけられて、本当に幸運だった。そうでなければ船のどこかで飲み水を探しまわるはめになったはずだ。とはいえ、いつまでも隠れているのは難しいだろう、とローダンは考えていた。だがとにかく、誰の目にもとまらずに船に入り、今のところ見つかっていないのは、奇跡と言ってよさそうだ。

太陽が大きくなった。黄色だ。あの光は地球の太陽を思わせる。

「あの太陽は、あの惑星のすぐ上にありますぜ！」とブルが叫んだ。「まるであの太陽が惑星のまわりを……」

ローダンの指のあいだからカップが滑り落ち、床に叩きつけられた。カップが消える。だが水は床に流れださなかった。水は、無重力でできる水滴に似た、透明なボールになったのである。拳大の水滴はゴムボールのように跳ねながらバスルームへ向かい、そこで消えた。

「なんてこった！」ブルはうめいた。「スー、つねってくれ！　おれは夢を見てるんだよな？　絶対に夢だ。こんなことはありえん！　とにかくありえんぞ！」

スーもほかの誰も、ブルの頼みに応じなかった。ペリー・ローダンと仲間たちは麻痺《まひ》したように立ちつくし、現実のはずがないものを凝視していた――それでもどうやら、現実のようだ。

太陽はたしかに明るかったが、惑星よりもはるかに小さかった。惑星は地球のような青い球体だ。広大な海、そして緑と茶色の大陸がある。

ローダンにとっては、はじめて目にする世界ではない。〈来い、ペリー・ローダン！〉突如として頭のなかで声が響いた。〈おまえが必要だ！〉

それは、地獄の惑星ゴルで、姿を消したカクトールを救出しようと探していたあのときに、呼びかけてきた声だった。突然光があふれ、ローダンは宇宙空間にいた。独りで。宇宙服もつけず。あの声はローダンを呼んでいた。そして気がつくと、広大な海を擁する惑星を目指して驀進《ばくしん》していた……この惑星へと！

ローダンは目に手をやり、指で眼球を強く押した。こんなことがありうるか？　これが、あの見知らぬ者がヴィジョンで来るように言っていた世界なのか？　それとも心霊現象を目にしているのだろうか。ここ数週間の苦難で思考力が鈍り、願望が幻覚を見せている？　彼自身や仲間たちにもたらされるはずのない、救済を求めて？

そのとき、肩に手が置かれるのを感じた。ローダンは目を開けて振り返った。カクトールだ。小柄なフェロン人は、ローダンの肩に手を乗せるために、腕を精一杯伸ばさなければならなかった。そして肩を下に引っ張り、自分と目の高さが同じになるようにローダンを屈ませた。

「これです!」とカクトールがささやいた。「これは、我々がゴルで見た世界だ!」

一瞬ののち、船室のドアが開いた。

一人の人間が入ってきた。

ほぼ、人間だ——窒息死する寸前だった二人の宇宙飛行士、ペリー・ローダンとレジナルド・ブルが、地球の月でクレーターの縁《ふち》から下をのぞきこみ、難破したアルコンの宇宙船を発見した、あの瞬間に幕を開いた新時代の尺度で考えれば。

ほぼ人間のその男は、ローダンと仲間たちの前で立ち止まった。身長は二メートルほど。非常にほっそりとし、痩《や》せぎすなくらいだ。肌は麦わら色、皮膚はざらざらとして、鱗《うろこ》でできているかのようだった。顔の真ん中に鼻代わりの開口部があり、ガーゼに似た網状の生体フィルターで保護されている。あごは広いが、それに比べて口は奇異なほど小さかった。唇が線より細く、ローダンは口をそれと認めるまで数秒かかった。

だがローダンを引きつけたのは、その目だった。両目が横に飛びだし——船室の間接照明を受け、目の覚めるような青色にきらめいていた。ローダンは、子どもの頃に遊んだビー玉を思い出した。

　そのほぼ人間の男は、言葉が見つからないかのように何も言わなかった。

　ローダンは咳払《せきばら》いして言った。

「以前、お会いしたことがありますね」

　そしてゆっくりと右手を上げ、ビー玉のような目のある頭を指した。蛇《へび》のように身をくねらせた傷が額に走っている。

「はい」と、ほぼ人間の男はアルコン語で答えた。「カルフェシュと申します。私の船がレヤンで墜落したとき、命を救っていただきました。あれからずいぶん時間が経ちましたが」

　ラス・ツバイがテレポートし、燃える船の残骸からこの異星人を救いだした。異星人は感謝し、ヴェガ星系第七惑星を離れる手段として、一台の転送機を提供してくれたのだった。

「我々にとっては、そうではありません」とローダンは応じた。「我々にとっては、数日しか経っていません」

　あの転送機は彼らをアンブルへ、ヴェガ星系第一〇惑星へ送りだした――しかも、レヤンの時代から一〇〇年以上先の未来へ。彼らがレヤンで勃発《ぼっぱつ》を防ごうとして失敗した、暗黒の時代が終わってしばらく経った頃だった。

「わかっています」とカルフェシュは言った。

「我々があなたの船に忍びこんだことは、ご存じだったのですか？」

「もちろんです。私の目をごまかせると、本気で考えていたのですか？」

ローダンは、背後の仲間の一人が鋭く息を吸ったことに気がついた。誰なのか知るために振り向くまでもない。レジナルド・ブルだ。この男は、ほかの者の手に落ちるなど我慢ならないのだ――まして、はじめて会ったときに、つまりレヤンに到着したときに、自分たちを殺そうとした者の手とあっては。

レジナルド・ブルは、カルフェシュを信用していなかった。

「あなたは我々のためにアンブルに来ていたのですか？」とローダンは尋ねた。

「いいえ」

カルフェシュはしばらく黙った。この男も鋭く息を吸った。呼吸用開口部の前にあるフィルターが、空気の流れとともに内側へ、そして外側へ湾曲した。この動きにはどんな意味があるのだろう、とローダンは考えた。カルフェシュもまた、ブルと同じように誰かに引き渡されたと感じている、そんなことはありえないだろうか？

諜報者は口を開いた。

「私のことも、私の船のことも、恐れることはありません。それはお約束します」

「あなたを信じましょう」とローダンは言った。「カルフェシュ、我々にあの惑星へのアプローチを見せたのは、あなたですね？」

「そうです」

「着陸したのですか？」

「はい」

「永遠の命の世界に？」

カルフェシュの顔の呼吸フィルターが震えた。

「ホムンクは別のことに気を取られているとはいえ、我々にはあまり時間がありません」

そう言って指が七本ある手をショルダーバッグに差し入れた。ローダンは、賢者トルケル＝ホンが常に携えていたバッグを思い出した——あのトプシダーは、クレストとタチアナ・ミハロヴナとともに永遠の命の世界の探求に乗りだした。常軌を逸した考えがローダンの頭に浮かんだ。自分たちがその世界にいるのなら、ここで探していた仲間に会えるのではないか？

「これを受け取ってください！」

カルフェシュが手ほどの大きさのシートを何枚もローダンに差しだした。その色は諜報者の肌にとてもよく似ていて、見分けがつかないほどだった。

「これは何ですか？」

ローダンはそのシートをしげしげと見た。皮膚のように薄い。室内の風で揺れるかのごとく、穏やかにはためいていた。カルフェシュの七本の指は先端で長い鉤爪になっている。鋭いはずだが、シートを傷つけないよう器用に扱っていた。

「マルチデフレクターです。これは、あなたと同行者たちが発見されないように守ってくれます。機械は実に多彩な探知装置を手にしている。しかしこのデフレクターがあれば、機械のあらゆる領域にわたる探知能力から、あなたがたを遮蔽《しゃへい》できるのです」

「それはどのような機械なのですか？　それに、なぜ我々が機械を恐れなければならないのです？」

「なぜなら、本来、あなたがたはここにいてはならないからです。私は……私は私の権限を逸脱しました」

「そしてホムンクはそれを許さないだろう、ということですね？　そのホムンクとは何者なのですか？」

「それは……」カルフェシュは口ごもった。「話している時間はありません。もう出ていってください。どうか私を信じてください、ローダン！」

ローダンは肩に手が置かれるのを感じた。ブルが横に来ている。

「こいつの言うことを聞いちゃいけませんぜ、ペリー！」と言って、ゆっくりと首を振った。「聞くべきじゃない！　狂気の沙汰《さた》だ！　考えてもみてくださいよ。転送機を通って、レヤンのこいつの船に着いたときのことを。俺たちは感じよく出迎えられて、それから子羊みたいに船外へ放りだされた。そうやって俺たちを殺そうとしたんだ。きれいな内装には傷ひとつつけずにですよ。俺たちはこんな、さまよえるかかし野郎を信じちゃいけないんだ！」

「あれはもう昔のことだ」とローダンはささやき声で応じた。「カルフェシュは正直に話している」

「それはどうかと思いますがね。だがそうだとしても！　俺たちはここで歓迎されちゃいないんだ。この状況で俺たちに勝ち目はない――追い立てられた鶏みたいにこの船から逃げだして、見知らぬ星でかくれんぼをしてみたところで、同じでしょうよ！　俺に言わせれば、このカルフェシュは俺たちを厄介払いしたいだけなんだ！」

「違う、俺はカルフェシュを信じる」

「ペリー、なんだって……」

　ローダンは親友に近いほうの手を上げて、その肩に置くと、しっかりと握った。

「レジ、俺を信じろ！　俺には俺の理由がある。だが今は説明している時間がない！　あとで。いいか？」

　ローダンは友から手を離すと、カルフェシュのほうに一歩踏みだした。シートを受け取ったが、ブルは邪魔立てしなかった。

「手を平らにして、シートを喉に押しつけてください」ローダンの尋ねるような視線に気づいて、諜報者が言った。「マルチデフレクターが体表の適切な場所を探します」

ローダンはカルフェシュに言われたとおりにした。柔らかな物が触れるような感触――まるでわただ。ついで動きだし、皮膚ほど薄いシートはシャツの襟もとから内側に滑りこんで、上半身を這《は》い降りた。くすぐったい。やがてむずがゆさはおさまったが、体のどこにマルチデフレクターが貼りついたのか、ローダンにはわからなかった。

ローダンは仲間たちに向きなおった。

「大丈夫だ。皆もつけろ！」

次から次へと仲間たちがマルチデフレクターを肌につけていった。ブルが先頭を切った。ブルにはブルの考えがあったが、ローダンを無条件に信じていたし――勇気がないと後ろ指をさされるなど、レジナルド・ブルには我慢ならなかったからだ。

「ついてきてください！」とカルフェシュが言った。

諜報者は近くの隔壁まで彼らを案内した。隔壁が横にスライドし、外が見えた。惑星ワンダラーより小さい太陽は、地球のそれより二倍ほどの大きさに見えている。目が痛いほどのまばゆい光。離着陸場の空気が揺らめいていた。外は無人で――ひとにぎりの小型飛行装置があるだけだ。広い平面を持つ機体だが、配属を示す記号のようなものは見当たらない。宇宙船なのか、ごくありふれた飛行装置なのか、ローダンには判断がつかなかった。

離着陸場の端から原生林が始まっている。目が詰まった絨毯《じゅうたん》のように、地平線まで広がる丘を覆っていた。丘の景色のあちこちに空き地が散らばり、丘の頂では森の上に巨大な岩がそびえていた。ローダンは視野の左端に何かのきらめきを認めた。引き延ばされたガラスの平面が日光を反射しているように見える。

「どこに行けばいいのでしょう？」とローダンは尋ねた。

「そうですね……」カルフェシュはためらった。ローダンの問いに驚いたかのように。そこまでは考えていなかったかのように。「森で隠れられる場所を探すのが、いいのではないかと思います」

　ローダンは、そのあとはどうするのだ、という問いを呑みこんだ。諜報者は答えないと思ったからだ。カルフェシュは、本当に知らないのだ。

「また会えるでしょうか？」尋ねたいことの代わりに、ローダンはこう言った。

「わかりません」

　ローダンは諜報者の表情を読み取ろうとしたが、できなかった。

　ローダンはうなずいた。

「感謝します、カルフェシュ」

　そして前へ進み、決然と大きく空中へ足を踏みだした。目に見えぬエネルギーフィールドが彼を捕らえ、離着陸場にそっと下ろした。

ローダンは走りだした。森へ向かって。ほんの数歩でよろめき、もう少しで転倒するところだった。すんでのところでもちこたえる。無重力下で、あるいはわずかな重力下で動きまわるというのは、宇宙飛行士の訓練に含まれている。今それが役に立った。ワンダラーの重力は地球よりかなり弱い。半分ほどだろうか。

ローダンは加速し、ジャンプしながら急いで離着陸場を横切った。森の端まで三〇〇メートルもないだろう。ちょっとした短距離走、それだけのこと。とはいえだだっ広い敷地を走っていると、スローモーションで這っているような気分になる。

右手を見た。遠目には戦闘機のように見える三角翼の飛行装置のそばで、いくつかの人影がうごめいていた。

つやのない金属が見えた気がした。ロボットだろう。

目の端で別の動きを捉え、ローダンは首を反らして上を見た。滴形の飛行装置が低高度で飛んでいる。

そんな馬鹿な。自分たちは見られているはずだ。探知されている。気づかれている。カルフェシュに渡されたマルチデフレクターがあったとしても。

だが、何も起きなかった。ロボットは自分たちの作業を続け、垂直に浮かぶ滴は空で同じコースをたどっている。

後ろから誰かが来る音が聞こえ、ラス・ツバイに追い抜かれた。このスーダン人は驚くべきスプリンターなのだが、精神の力によって、ある場所から別の場所へ時間のロスなく移動することもできる。だが良心的なラスは皆と一緒に走っていた。自分のテレポーターとしての能力はたしかに奇跡的だが、万能薬ではないとわかっている。今もそうだ。カルフェシュのマルチデフレクターが約束された機能を果たさなければ、ラスが唯一の希望となる。だがテレポーターが仲間たち全員を移動させるには、何度も往復しなければならない――しかも移動できるのは数キロだけだ。緊急避難ならじゅうぶんとはいえ、まだそんな状況ではない。ローダンはそう考えていた。まだそこまではいっていない。ラスは森の端に着き、立ち止まると左右に歩きまわった。やがて回れ右をして助走をつけると、腕を掲げて顔を守りながら暗い森に駆けこんだ。

ほぼその瞬間にローダンも追いついた。ラスは森への道を切りひらいたところだった。けもの道もなく、ましてや道らしい道もない。蜘蛛《くも》の巣を思わせる密な藪《やぶ》のせいで、森に入れなかったのだ。

蜘蛛の巣めいた藪に突っこんだとき、ラスは押し殺した叫びをあげた。ローダンは一瞬、ラスが弾力のある植物の壁に押し返されるかと思った。だが茂みに裂け目ができ、スーダン人は通り抜けた。トーラとブルとカクトールが、ラスがつくった道に消えていく。ローダンはさらに、折れそうに弱々しいスーが着くまで待った。それからしんがりを務めてあとに続いた。

森の陰のなかは、離着陸場のまばゆい光に慣れた目には漆黒の闇のように感じられた。空気に甘いにおいがまざっている――そして、遠くで昆虫の群れが待ちかまえているかのような、ブンブンという静かな音があちこちから聞こえた。ありがたいことに、数メートル進むと蜘蛛の巣のような藪は途切れた。腰の高さの茂みがそれに続いたが、これは大した障害にはならなかった。

ラスは当然のように先頭を買ってでた。追われる仲間を連れて前人未到の森を抜けるなど日常茶飯事だと言わんばかりに、皆のために植物界を抜ける道を切りひらいていた。

しばらくすると小川にぶつかった。流れにそって上流へ向かう。ブンブンという音が近づいてきた。水が跳ね、流れる音がしているのに、はっきりと聞こえた。どこから来ている？

数秒後、ローダンは答えを見つけた。群れがひとつ、上方から近寄ってきたのだ。だが虫ではなかった。ごく小さな鳥だ。とはいえ地球の蜜蜂ほどの大きさもない。ローダンは腕で払いのけたい衝動を抑えつけた。そのハチドリに似た鳥は、彼らの周囲を何秒間も飛んだあと、好奇心を満足させて飛び去った。

彼らは前進を続けた。原生林は蒸し暑かった。汗が流れ、目にしみる。分厚い葉が、カルフェシュのマルチデフレクターのように皮膚に貼りつきかけた。はぎ取ったが、ひりひりする斑点《はんてん》が肌に残った。

　やがて丘の斜面がけわしくなり、石から石へ跳びうつった。藪と格闘するより楽とはいえ、やはり大変だった。多くの石がぬるぬるする苔《こけ》のようなもので覆われていたからだ。身軽なスーは、このあたりでは楽に進めた。子どものようなのびのびと颯爽《さっそう》とした身のこなしで石を渡っていく——苔のせいで災難がふりかかる直前まで。スーは足を滑らせ、ローダンがつかまなければ、川底に転落していただろう。

　ブルも手助けが必要だった。本来は傑出した持久力を備えた男なのだが、あっという間に力尽きてしまった。アンブルでの苦難からまだ数時間しか経っていないのだ。とくにブルとスーはあそこで苦しんだ。ファンタン星人が脱走防止の目的でひそかに接種していたナノマシンが、もう少しで二人を殺してしまうところだった。スーはその能力のおかげですぐに回復したが、ブルのほうは、元どおりになるまでもう少し時間がかかるだろう。

　カクトールがブルのそばに飛んでいき、わきの下を支えた。多少役には立ったものの、がっしりとしたフェロン人でもブルを一人では支えきれなかった。ローダンは助けに急ごうとしたが、驚いたことにトーラが先に手をさしのべた。無言のまま、当然のように、何かといえば大声で口喧嘩《くちげんか》をしている男を支えた。

　ようやく空き地に着いた。小川に浮かぶ島で、そこから流れがふたつに分かれている。全員が休めるだけの広さがあり、草に似た植物が地面を覆っている。彼らは横になった。

ハーブのような、酸味のあるにおいがする植物は、ベッドのように柔らかかった。

数分間、横たわってひと息つきながら、鼓動が落ち着くのを待った。ローダンは目の前にある草の茎を眺めた。よく見るとイカの腕に似ていて、吸盤で覆われている。この植物は、吸盤で昆虫や小動物を捕らえているのだろう。

やがてブルが沈黙を破った。ひと言だけ発する。

「あとで」

「あとで？」とローダンが尋ねた。「何が言いたいんだ？」

「あの船で」ブルが身を起こした。「『俺を信じろ！』って言いましたよね。『今は説明している時間がない！　あとで』って。今がその、あとでだ。だから言ってくださいよ。なんだって俺たちは、あのビー玉の目がついたガリガリのかかし野郎を信じなきゃならないんですかい？」

「ほかに選択肢があったか？」ローダンも身を起こした。「俺たちはここに忍びこんだが、歓迎はされていない。それは間違いなさそうだ。おそらく俺たちは、遅かれ早かれ例のホムンクの手に落ちるだろう。だがその前に少しばかりそのへんを眺めてみても、いいんじゃないのか？」

「魅力的な展望ですな」とブルが低く言った。「おまけに俺がきいたことをはぐらかしましたね、ペリー。なんであんたは、あのカルフェシュを信じるんですかい？　俺に言わせれば、汗まみれの狂気の沙汰だ」

「だからこそだ。俺の印象では、カルフェシュは考え抜いて行動しているわけではないと思う。俺に言わせればな、レジ、この狂気の沙汰は、カルフェシュが自分の良心に従った結果じゃないかと思うんだ」

ブルは鼻を鳴らした。

「あんたは人がよすぎるんですよ！　だいたい、あんな豆の支柱に良心めいたものがあるかどうかだってわからんでしょう。俺たちは……」

「なぜあってはいけないんですの？」トーラがブルの話をさえぎった。「良心や感情は、アルコン人や人間やフェロン人にしかみられない現象ではありませんわ。怒りと同じように」トーラは片手を上げて人差し指を伸ばすと、自分の額に身をくねらせた蛇のような線を引いた。「あの傷は……もしかしたら主がカルフェシュに負わせたものかもしれませんね？　反逆者とされて……」

「その可能性はあるでしょうね」とローダンは同意した。だが心中ひそかに、トーラが間違っているように願った。もしそれが、カルフェシュの主が従者を扱うやり方なのだとしたら、自分たちのような侵入者には何をするだろうか。「しかし、私がカルフェシュを信じた本来の理由は、別のところにあります。ここが、永遠の命の世界に違いないからです」

「なんでそんなことがわかるんですかい？　カルフェシュはあんたがきいても無視したんですぜ」

「無視した、そうだ。だがレジ、ゴルを覚えているか？」

「スーパーＸＸＬ惑星サイズの、悪魔の洗濯場のことですかい？　忘れられるもんですか！」

「俺はカクトールを探すために、故障した《ネスビット＝ブレック》の外に出て惑星の表面を歩いていた」ローダンはブルにというより、ほかの仲間たちに向かって話していた。「あそこで、ヴィジョンと呼びたいような何かを経験したんだ。俺はいきなり、独りで宇宙空間にいた。ある惑星に突進していた――正確に言えば、半分に切断された惑星だ」

「おわかりでしょうが、あなたが今話していることは、物理学的に不可能ですよ」とトーラが口をはさんだ。

「不死が生物学的に不可能なのと、同じようにですか？」ローダンはいぶかるような皆の顔を見回した。「私がヴィジョンで見た半球の惑星と、我々がカルフェシュの船で見た世界は、同じものだと確信しています。あの大陸の配置は、見間違えようがありません」

「それについては私も証言できます」フェロンのカクトールが割って入った。「私はゴルで、ペリー・ローダンが見たものを見ました。声は聞こえなかったにせよ。しかし、私はごく普通の存在でしかなく、ペリー・ローダンは光をもたらす者なのです」

「声？」トーラの眉のあいだに深いしわが寄った。「それで、その声はあなたに何を言ったというのですか？　ローダン」

「私を呼んでいました。私に助けを求めていました」

「その声があなたに助けを求めていた？」トーラの口調には不信感があった。「あなたに何ができると……」

悲鳴がアルコン人女性の言葉をさえぎった。突き刺さるような、苦痛に満ちた動物の悲鳴。不快なシュッという音が悲鳴をかき消し――その瞬間、悲鳴はやんだ。

5

タチアナ・ミハロヴナ

ホムンクは嘘をついている。

太陽の点検だという無駄口など、本当に馬鹿馬鹿しい話だった。タチアナの網膜にまだカラフルな幻を躍らせているあのまばゆい光には、何か別の意味がある。何か予想外のこと、何か震撼《しんかん》させられるようなことが。

女性テレパスはイメナーを見た。クイニウ・ソプトールに襲いかかったひどく小柄な女性。人間のお粗末な風刺画のように見える彼女が、滴形の飛行装置を操縦していた。イメナーはこちらに背を向けているが、態度はすっかり変わっていた。小さく身を屈めている。危険を避けようとするかのように。今この瞬間にも巨大な拳が空に現れ、叩きつぶされると恐れているかのように。

イメナーのなかで何が起きているのだろう？　タチアナは、女性とは思えないがっしりとしたイメナーの首すじを見すえ、その思考に集中した。だが何も読み取れなかった。タチアナに捉えられたのは、動物であるかのような、思考力がないかのような、心の底の衝動だけだった。そう、イメナーは恐れている。同時に興奮してもいた。だが明瞭《めいりょう》な怒りの色もある。チャンスが訪れれば、再びクイニウ・ソプトールに襲いかかることだろう。ソプトールは気を失ったまま後部座席に横たわり、タチアナの膝に頭をあずけていた。

〝あの怒りはどこから来ているのだろう〟と女性テレパスは考えた。〝クイニウ・ソプトールは、何をしたの？〟

ホムンクはどうなのだろうか。タチアナは、人間にしてはあまりにもすっきりとし、完璧すぎる男に集中した。何もない。ホムンクは異質すぎて、その思考に分け入ることはできなかった。いや、もしかしたら、機械？

「大丈夫ですか？」とトルケル＝ホンが尋ねた。「額に汗の玉が浮かんでいますよ」汗がテレパシー能力を投入しているサインだというのは、賢者もとっくに知っていることだ。

「ええ、もちろんです」と女性テレパスは言った。「私たちは永遠の命の世界にいるのですよ。大丈夫じゃない理由がありますか？」

「そのとおりだ。何が大丈夫でないのでしょうな？」

トプシダーは顔をそむけると、下の景色に目をやった。

タチアナも同じように下を見た。彼女たちが乗った飛行装置は、外から見れば半透明な滴だった。だが乗ってみると下のほうは透明で、日光が屈折し、虹のあらゆる色となっていた。あくまでも優雅で、すぐに壊れてしまいそうな、本来ならばありえない乗り物だった。だが女性テレパスは、「ありえない」という言葉をとっくの昔に自分の語彙《ごい》から消し去っていた。この世界の主である〝それ〟が死を克服しているのなら、無から生まれたかのような飛行装置をつくれないはずはないではないか？

タチアナの下に広がる永遠の命の世界は、夢のように美しかった。丘が三つの方角に向かって広がり、はっきりと見える地平線まで延びている。丘は森に覆われ、そこに生えた木々は切り花のようだった。幹が空高くそびえ、先端にさまざまな色の花が咲いている。タチアナが「東」と名づけた方角には紺碧の海が広がっていた。白い波頭が、青空に散らばる美しい小さな綿雲を思わせ、そこに二番目の空があるかのようだった。

丘に囲まれて街があった。太陽の光を受けてきらめく様は、宝石の山のようだ。

〝もちろん宝石の山なのよ〟女性テレパスは自分に言い聞かせた。〝あなたは楽園にいるのだから、タチアナ！〟

広い平地が見えてきた。離着陸場なのだろう。小さな飛行装置が三機あり、宇宙船は一隻だけだ。シリンダー型の船。長さ数百メートルはありそうだ。船体はコバルトブルー。光沢のない色をしている。すべてが輝き、すべてが透明に見えるこの世界で、あの船は異物のように見えた。秘密。闖入者《ちんにゅう》？

〝あなたと同じようにね、タチアナ！〟

女性テレパスは闖入者であることに慣れていた。物心ついた頃からそうだった。彼女は常に小さな違和感に目をとめた。美しい見かけにだまされず、その裏に目をやる者。世界と人間を本来の姿のままに見ていた。お粗末で、醜悪。

いや、ここは普通の世界ではない。そして、イメナーもホムンクも、〝それ〟も――〝それ〟が何であるにせよ――人間ではないのだ。

幽霊を見ているのだろうか。生まれたときから見た目など嘘だという経験をしてきたせいで、物が見えなくなっている？　不信感が強すぎて、間違いなく楽園であるこの場所さえ、受け入れることができないのだろうか？

空飛ぶ滴は街に近づいた。ゆっくりと降下している。女性テレパスは自分の能力に集中し、耳をすました。

静寂。

輝く街は無人だった。誰も住んでいない。それともホムンクのような、普通の意味で生命体とは言えない者だけが暮らしているのだろうか。

だが、住民がいないのなら、何のための街なのだ？　能力に全力で集中すると、体が熱くなった。〝それ〟……少なくとも感じ取ることはできるかもしれない。女性テレパスは耳をすました。何もない。動物の心の動きや、生き物が奥底で立てる物音だけ。知的生命体がそこから突出している。あれは……。

待って！　はるか遠くからのように、突然思考の声が聞こえた気がした。知っている声だ！　女性テレパスは身を屈め、両手に頭をうずめると、声にすべての集中力を傾けた。そのとき、半透明な滴にかすかな衝撃が走り、ごく普通の、空気の振動によって伝えられる声が、彼女の集中を破った。

「お部屋に着きました、栄光に値する者」とホムンクが言った。「もし、よろしければ……」

タチアナは人差し指を耳の奥までさしこみ、しつこい声を追い払った。自分のなかに耳をすまし、奥底の物音に没入し、知っている声を探す。うまくいかない。声は黙ってしまった――彼女の妄想の産物でないとして、ではあったが。

誰かがそっと腕に触れるのを感じた。身を起こす。クレストだった。

「タチアナ」とアルコン人は小声で言った。「どうしたのですか？」

その赤金の目には、いつもタチアナが年老いたアルコン人に望んできた、生き生きとした光が宿っていた。だが今は、そんなものを見ないほうがよかったのかもしれない。クレストの目はきらめいていたが、熱狂的な気配があった。ドラッグの影響下にあるかのような。

「何でもありません」とタチアナは言った。「疲れているだけですわ」すっかり身を起こすと、トプシダーに声をかけた。「トルケル＝ホン、お願いします！　クイニウを運ぶのを手伝ってください」

賢者は無言でソプトールの体をつかんだ。

タチアナ・ミハロヴナは、アルコン人の血を半分引く者につきそっていた。

クイニウ・ソプトールは気を失ったままだ。部屋の真ん中に浮いている。何かに担われて……いったい何なのだろう？　反重力フィールド？　目に見えないエネルギー？

女性テレパスにはさっぱりわからなかった。彼女にとっては、何であれ同じことだ。技術に興味はない。タチアナにとって、技術は目的のための手段であり、人生の周辺にある物事だった。技術が生きがいである人は大勢いると、わかってはいたが。

彼女の連れの二人なら、技術的に大きく進歩した文明出身の男たちなら、クイニウ・ソプトールが浮いているという現象やこの部屋について、たしかな根拠のある推測を繰り広げることができるのだろう。

ワンダラーのすべてのものと同じく、手が届くところにあるのに想像を超えている。ここにはいくつもの部屋があるが、誰もいなくなったとたんにその部屋は存在することをやめ——誰かがそこに入ろうとした瞬間に新しく生じるのではないか、タチアナはそんな気がしてならなかった。もともと壁は透明だったが、女性テレパスの思考を読めるかのごとく不透明になった。彼女がクイニウ・ソプトールとともにいるこの部屋の壁は、すりガラスのようになり、クレストやトルケル＝ホンと光学的に隔てられた。ドアの部分は開いたままだったので、そこから二人の会話を追うことができた。

だが、アルコン人もトプシダーも、この部屋の奇跡について頭をひねっているわけではなかった。〝それ〟について話している。〝それ〟とはどのような存在なのか。〝それ〟は自分たちに不死を与えてくれるのか。もしそうなら、クレストを内側から食いつくそうとしている癌も治してくれるのだろうか。若返らせさえしてくれるのか？

タチアナはソプトールの横であぐらをかいた。エネルギーフィールドだか何だかわからないが、地球の上質なマットレスの上にいるような感触だ。固すぎもせず、柔らかすぎもしない。

「クイニウ、いったい何があったの？」

タチアナは意識のない女性と話をした。まるで親友であるかのように、そう、妹であるかのように。クイニウ・ソプトールのことはほとんど何も知らないのに。これまでひと言も言葉を交わしたことはない。彼女は異星人で、見知らぬ星の出身だ。第一印象では人間かと思うのだが、よく見てみると、いくつもの違いが目に入ってくる。

彼女の肌は黒いが、人間の肌色とは違っていた。日光が反射して小さな青い炎のように体の表面で躍り、地球のおとぎ話に出てくる妖精のようだった。頭には毛髪の代わりにふわふわとした赤錆色の羽毛が生えている。タチアナは羽毛をなで、その柔らかさを感じた。タチアナの指が、はげたところに触れた。ざらざらとしたかさぶたが指先をこする。さらに先をなでていき、肩、そして腕へと移動した。ここにも羽毛があるのが感じられた。あまりに小さくて、肉眼ではほとんどそれとわからないほど。

アルコン人の血を半分引く者。アルコン人でないほうの親は、どのような外見をしていたのだろう。タチアナの頭に、巨大で誇り高い鷲《わし》のイメージが浮かんだ。そんなことがありうるだろうか？　あるわけがない。だが、そもそも不可能など存在しないのではないか？

そして、誰から、どうやってクイニウ・ソプトールは生まれたのだろう——だが体の特徴などささいなことだ。奥に隠れた核の存在をほのめかすのがせいぜいの、殻にすぎないのだから。

タチアナを抗《あらが》いがたいほどの力で引きつけているのは、その核だった。女性テレパスには意識のない者の思考を読むことはできない。だがクイニウ・ソプトールの苦悩は感じていた。そして、タチアナはその苦悩から逃れることができなかった。ともに苦しんでいた。テレパシー能力ゆえに、ほかにはどうすることもできなかったのだ。苦悩こそが、彼女が地球でクリフォード・モンタニーの側についた理由だった。モンタニーの暗示能力はタチアナには効かなかった。だが、イラクで従軍した退役軍人としての苦悩が、光が蛾《が》を引きつけるように彼女を引きつけたのだ。そして、もう少しで蛾のように光のなかで燃えつきるところだった。

　苦悩はまた、彼女をクレストのもとに行かせた真の理由でもあった。アルコン人の心から読み取った不死の可能性は、おまけのようなものだったのだ。

「いったい何をされたの？　クイニウ」ソプトールが自分の声を聞いているかのように、タチアナは小さな声で尋ねた。「あのホムンクは、何なの？　なぜあなたはホムンクを憎んでいるの？」

　クイニウ・ソプトールは、タチアナとクレストとトルケル＝ホンが使ったのと同じ転送機を通って旅立った。タチアナたちが出発するほんの数週間前のことで、ロボットのリコと一緒だった――そして転送機は、ソプトールたちが通り抜けた直後に大破したのだった。

「あなたはフェロルにいたの？」とタチアナは尋ねた。「暗黒の時代の終わりに？」

　フェロルは、永遠の命の世界を探すタチアナたちの旅の、最初の舞台となった。一〇〇年続いた戦争の傷が住民に深く刻まれた世界だった。タチアナと同伴者たちは、巡業サーカスの庇護《ひご》を得たおかげで生き延びることができた。やがてトルタに、のちの首都にたどり着き……。

「あなたはトルトに会った？　アルコン人のケルロンに、自分の宇宙船を使ってトルトを戦争の勝者にした、あの人に会ったの？」

タチアナと二人の同伴者は、ケルロンと顔を合わせないためにありとあらゆる努力をした。予想もつかない帰結をともなうタイムパラドックスが引き起こされる恐れがあったからだ。歴史の流れを変えてしまうかもしれなかった。だがケルロンとはどうにか顔を合わせずに済んだ――トルトのおかげで。そしてトルトの助力によって、別の転送機を通ることができたのだった。

「トラムプは？」タチアナはソプトールに尋ねた。「あなたはトラムプにいたの？　そうじゃないといいのだけど」

タチアナは探求の旅の二番目の舞台を思い出して、身震いした。トラムプは死にゆく世界だった。寒く、やせた星。地理的にはワンダラーと驚くほど似ている。だがワンダラーが楽園だとすれば、トラムプは地獄だった。トラムプでは昆虫種族オルグが、メタンズと存亡をかけて戦うアルコン大帝国《インペリウム》のために武器を開発していた。武器のひとつはネズミ＝ビーバーだった。オルグはネズミ＝ビーバーの超能力を強化しようとしていた。そしてもうひとつの武器は、惑星を真っ二つにできるものだった。

「もう少しで、トラムプが最後の舞台になるところだった。でも、最後の瞬間に逃げだせたの」タチアナは、ぼんやりとソプトールの頭の羽毛をなで、整えた。「なのに、私たちの船は破壊された。アルコンの船団が助けてくれて、過去の地球へ連れていってくれたのよ。まさにアトランティス大陸が滅亡する、そのときに。でも、このことは説明しなくていいわね。あなたも一緒に経験したのだから」

タチアナはからみ合った羽毛をほどこうとしたが、うまくいかなかった。

「あまりにも多くの苦悩、あまりにも多くの死」と女性テレパスはささやいた。「いったいなぜ？　あなたは答えを知ってる？　クイニウ。クレストとトルケル＝ホンは、私たちが経験したのは試練だっていうのよ。誰が不死に値するのかを試すための。ホムンクが言っていたでしょう。私たちは合格したんだって。私たち……あなたもよ、クイニウ！」

タチアナはソプトールの頭を抱きあげて回すと、顔を自分のほうに向けさせた。その目は閉じられたままだ。

「リコは私たちに、あなたを連れていって、守ってほしい、って頼んだ。でも、なぜ？」

タチアナは答えを期待していたのではなかった。声に出して考えていたのだ。そうすることで考えがまとまるように、願いながら。「クイニウ、リコって誰なの？　ロボットだっていうのは、私たちもわかってると思う。でも、誰がつくったの？　誰のために働いてるの？　〝それ〟？　そもそもリコは、誰かのために働いているの？　それに、リコはあなたに何を期待していたのかしら、クイニウ？」

タチアナはソプトールをまっすぐに見て、自分の能力を全力で彼女に集中させた。だが何の役にも立たなかった。恐怖のほかには何も捉えられない。ソプトールの頭をそっと下ろして背を向けようとしたそのとき、アルコン人の血を半分引く者の全身がぴくりと動いた。

　クイニウ・ソプトールが飛び起きた。まぶたが開き、銀色に光る虹彩が現れる。

「私……」うめくように言った。「……私は……私はどうしても……どうしても……」

　タチアナはソプトールの手首をつかみ、しっかりと握った。

「クイニウ！」と叫ぶ。

「私はどうしても……どうしても……」

「何をどうしてもしなきゃならないの？　話して！」

「私は……」

　アルコン人の血を半分引く者は、すっと立ちあがった。瞳孔《どうこう》が縮んで虹彩が広がり、銀の波が瞳孔に降り注ぐ。だが突然ぐったりとした。いきなり電源を失った機械のように。

「クイニウ！　だめ！」タチアナはソプトールを揺すぶった。「だめ！　話をして！」

　ソプトールは聞いていなかった。黒い肌をして頭に羽毛を生やした女性は、倒れこみ、身動きひとつせずに横たわった。

　タチアナ・ミハロヴナは隣の部屋に行った。クイニウ・ソプトールのために、今できることは何もなかったから。ごく弱いとはいえ、アルコン人の血を半分引く者の思考は感じ取れたので、責任を持って彼女を一人にすることができた。ソプトールが目を覚ませば、わかるはずだ。

「……精一杯の敬意のもとに言わせていただきますが、クレスト」トルケル＝ホンは、正確だが、わずかに鋭い息がまざるアルコン語で話していた。「〝それ〟が単独の存在だというのは、きわめて考えにくいことですな」

トプシダーは、人間がやるようにあちこち歩きまわっていた。はじめて見る姿だ。普段の賢者は、トカゲ種族独特のじっと固まった状態でいることが多く、硬直した姿勢から次の姿勢へ移るときにだけ、簡潔な動きで硬直を破るのだった。

タチアナが隣の部屋に入ると、トルケル＝ホンは一瞬だけ動きを止め、見える片目で彼女に視線を向けると、また歩きまわりはじめた。

「なぜ、〝それ〟が単独の存在であってはならないのですか？」とクレストが反論した。アルコン人も同じように歩きまわっている。さっと横目で見て、タチアナが来たことに気づいたというサインを発しただけだ。

二人とも、クイニウ・ソプトールのことは尋ねなかった。

「ここにはあまりにも多くのものがあるからです！」トルケル＝ホンは部屋の周囲に広がるガラスのような街を指した。この部屋の壁は透明だった。「この現実離れした街、このワンダラーという世界、時空を超えられる転送機。これらをつくったのが単独の存在だというのは、考えられませんな。こんな途方もない傑作をつくるには、多くの働き手が要るはずだ。つまり、文明ですよ！」

「通常であれば、そうでしょうね」クレストの顔がいつになく赤くなっていた。「しかし、あなたは時間という要素を見落としている。我々は、〝それ〟が不死であるという前提に立つことができる、いや、立たなければならないのです。〝それ〟は、ここをつくりあげるために何千年もの時間をかけることができました。永遠を手にした者に、不可能はないのです」

トルケル＝ホンは、即座に返答することができなかった。

「あなたの論理自体は、説得力のあるものです」やがてそう認めた。「だが考えてみてください。不死とは、いったいどのようなものなのでしょうな？　永遠の孤独だ！　責め苦に近い！」

「己が時代の文化に埋没している死すべき者の尺度で考えれば、そのとおりでしょう。だが、〝それ〟を同じ尺度ではかることはできない！　それは事実として確信しています」

「それでは何を使うのですか？　神の尺度ですかな？」

「お願いしますよ、トルケル＝ホン！　我々は学者なのです」クレストはぞっとした様子で首を振った。人間からうつった仕草である。「しかし、明白ではありませんか。不死者をはかる尺度は別物なのです。我々死すべき者には、大変な苦労をしなければ理解できないのでしょう」

タチアナは、あっけにとられて白熱した議論を聞いていた――わきあがる怒りとともに。クレストとトルケル＝ホンは、ここで何が起きているのかわかっていないのだろうか？

「それは、どのような尺度でありうるのでしょうな？」とトルケル＝ホンが尋ねた。

二人には何も見えていないのだろうか。不死が手に入るかもしれないという事実に目がくらんで、鋭い思考力が麻痺してしまった？

「そうですね……」クレストは考えこんだ。「……考えられるのは、たとえば……」

「何で〝それ〟をはかればいいのか、私にはわかりますわ」タチアナがクレストの言葉をさえぎった。

老アルコン人と老トプシダーがはっとして振り返った。今になってはじめてそこにいたことに気づいたかのように、タチアナを凝視する。

「〝それ〟が相手でも、ほかの者を判断するのと同じようにすればいいのです。つまり、その行為で！」

クレストの瞳孔が広がった。反論しようと口を開いたが、タチアナはその隙を与えなかった。

「〝それ〟を信用するわけにはいきません！」彼女は大声で言った。「私たちがいるこの場所はワンダラーで、永遠の命の世界で、楽園なんですよね。でも私に言わせれば、ここは見せかけだけの楽園です！　ここへ来るまでの道のことを考えるだけでいいでしょう。戦争、苦悩、惨禍、死！　これが、不死という崇高な目的と何の関係があるんですか？」

「我々は同じ考えでまとまっていたではありませんか、タチアナ」クレストはことさら冷静に言った。「あれは倫理的な本質を持つ試練だったのです。我々は、倫理的に難しい状況のもとで、不死に値することを証明しなければなりませんでした」

　物わかりの悪い子どもに言い聞かせるような口調だった。それがタチアナの怒りをかき立てた。

「本当にそうなのですか？」女性テレパスはゆっくりと言った。「でしたら、〝それ〟の倫理観はどうなんですか？　〝それ〟は言葉にできないほどの苦しみを防げたはずだった。なのに、〝それ〟は防がなかった！」

「それは言いすぎでしょう。あなたは背景を知らないのですよ！」

「私は、ただのみじめで取るに足らない人間です。でも、私たち皆が守るべきルールなら知っていますわ。人間的に振る舞うということです！」

「タチアナ」今度はトルケル＝ホンが口をはさんだ。「〝それ〟がその行為によってどれほど甚大《じんだい》な災いを防いできたのか、我々には知りようがないのですぞ」

「そのとおりですわ。でも私は、〝それ〟が引き起こした災いをひとつ知っています」タチアナは振り返るとソプトールがいる部屋を指した。「あれは、〝それ〟がクイニウにした仕打ちのせいです！」

「言い過ぎでしょうな。〝それ〟がクイニウの気の毒な状態と何らかの関係があるという証拠は、どこにもありませんぞ」

「でもヒントはあったじゃありませんか！　ここは楽園だというのに、クイニウはなぜあんなに怖がっていたんですか？　どうしてホムンクに襲いかかったのですか？　なぜイメナーはもう少しでクイニウを殺すところだったのですか？」

　クレストはタチアナに一歩近づいた。

「タチアナ、落ち着いてください。クイニウ・ソプトールは《アエトロン》の乗組員でした。私は彼女の心理分析の内容を知っています。精神的にきわめて安定した人物ではありませんよ」

「あなたは、クイニウが何を経験したのか知らないじゃありませんか！」女性テレパスは後ずさりした。老アルコン人のそばにいるのが、突然不快になった気がした。「それに、辻褄《つじつま》の合わないことはもっとあります！」タチアナは続けた。「あのホムンクは、〝それ〟の第一の従者だと言い張っていました。それならなぜ、リコが何をしたのか知らないなんてことになるのですか？　なぜ、アトラン・ダ・ゴノツァルの存在を知らなかったのですか？」

「なぜそう思うのです？　ホムンクの思考を読んだのですか？」

「いいえ」タチアナは認めるしかなかった。「読むのは無理でした。ホムンクは何も考えていないんです。少なくとも、私が読み取れるようなことは何も。でも、あの反応ではっきりとわかったじゃありませんか。そう解釈するのにテレパスである必要はありませんわ」

「落ち着くのです、タチアナ！」

クレストは彼女の前に来て片手を伸ばした。女性テレパスはさらに後ずさろうとしたが、壁があってできなかった——滞在者の望みどおりに変化するはずの建物なのに、なぜここに壁があるのだろう？

「ここ数週間、我々は限界を超える負荷にさらされてきました」老アルコン人は片手をタチアナの上腕にそえた。「ゆっくり休んでください！ 少し眠るのです！ そのあとでなら、物事がまったく違って見えるでしょう」

「私は眠くありません！」

女性テレパスはクレストの手を乱暴に振り払った。眠りたくなかった。クイニウ・ソプトールのように見えないベッドに横たわりたくなかった。そして……。

〝クイニウ？〟

タチアナは凍りついた。

「どうしたのですか？」とクレストが尋ねた。一瞬にして父親じみた尊大な口調が消える。

女性テレパスは返事をしなかった。内面に耳をすます。何かが変化していた。だが、何が？

一瞬ののち、何が起きたのかわかった。何も聞こえないのだ。思考の波が消えている。

「クイニウ！」タチアナは叫んだ。「だめ！」

彼女は隣の部屋へ走った。死者を目にするのだと思いながら。

だが、そこに遺体はなかった。

その部屋は、無人だったのだ。

6

カルフェシュ

〝それ〟。

〝それ〟が、ワンダラーに来る。

訪問の知らせはカルフェシュにとり驚きであったが――同時に驚きでもなかった。〝それ〟は直前に知らせるのを好む。ただし、知らせる必要があると感じれば、である。だがなぜ知らせなければならない？　〝それ〟はワンダラーの主なのだ。

カルフェシュに安心材料は何ひとつなかった。仕えてきた数千年のあいだ、幾度も〝それ〟に逆らってきた。主にまみえるたび、いつも新たに胸をかき乱され、鉤爪の下が耐えられぬほどひりついた。そこに棲む顕微鏡サイズの微小共生体でさえ、目の前にいるのは宇宙広しといえども比類のない存在なのだと、感じているかのようだった。

だが、今ひりついているのは鉤爪の下だけではない。胸が焼けつくように痛んでいた。

〝それ〟は、よりによって今、何をしにワンダラーへ来るのだろうか。

〝それ〟が永遠の命を授与する世界に戻ってくるまで、数十年、いや数百年も間があくことがある。だが、なぜ今なのだ？　なぜ、カルフェシュが主に背《そむ》いて、立ち入る資格のない者をこっそりと連れこんだ、この瞬間に？

〝それ〟は何ひとつ見逃さない、そう言われている。

カルフェシュは、このような話は常に無視してきた。〝それ〟を信じていた。自分たちの苦闘は正義であり、正当だと信じていた。〝それ〟は、始まりもしないうちからすべてを思い描ける手段を手にしていると、信じていた。だが、〝それ〟は神でもなければ、全知でもない。

〝それ〟の来訪に意味があるわけがない。諜報者は自分に言い聞かせた。彼にとっては、カルフェシュにとっては。

諜報者は自分の船室の衛生ユニットへ足を踏み入れた。助けを求めて腕を伸ばし、七本の指を大きく広げた。船はすぐに理解し、冷たい水が壁から放たれ、鉤爪の下に流れこんだ。ほんのしばらく、燃えるようなひりつきはおさまった。カルフェシュは不快感がおさまって安堵したが、高い代償を払うことになるとわかっていた。水流で共生体の一部が取り去られたために、損失を埋めあわせるべく、残された共生体が再生率を上げる。その際に出る分泌物がかゆみを引き起こすのだ。これはとても耐えられるものではなく、ひりつきのほうがましだと思うほどだった。

理性に反する、後先考えぬ行動を取ってしまった。

ペリー・ローダンや、そのほかの異星人と同じように。

自分のなかでいったい何が起きているのだ。〝それ〟には無条件の忠誠心を捧げてきた。主に対し、最大限の自覚と良心をもって仕えてきた。たしかにカルフェシュはずいぶん前から、自分のイメージにそって命令を解釈する権利があると考えるようになっていた。そうでなければすべてが虚《むな》しくなってしまうと。〝それ〟は全知ではなく、カルフェシュが現地で直面せねばならないあらゆる出来事のあやを見通せるわけではない。諜報者は主を満足させる働きをすべく、自分自身で決断を下すべきなのだ。そう強く確信していた。

だが、立ち入る資格のない者をワンダラーに連れてきて、第一の従者の目から隠し、自由に歩きまわらせるというのは？

独断で決めたことだった――しかも、正常な思考力を失った者の決断だ。

それとも疲れているのか？　カルフェシュは腕を上げ、肩から手へと視線を滑らせた。彼の皮膚は八角形の小片からなる組織で覆われていた。若い頃には模様のように見え、なでればすべすべしていたものだ。だが今、繊細な指は小片のあいだのわずかな溝を感じ取っている。長年のあいだに年齢が体を侵食し、小片のあいだの溝が小さな山峡のようになっていた。皮膚の小片の端が膨らみ、上に湾曲しているので余計に目立っている。

諜報者は前腕をなでた。皮膚のかけらが、そう、皮膚の小片が、埃《ほこり》のようにさらさらと床に落ちた。船がすぐにそれを処理し、暖かい地面に触れて融ける雪片のように消えた。カルフェシュは老いていた。何としても細胞再生を受けなければならない。彼の体は限界に達していた。

これで何度目の細胞再生なのだろう、と諜報者は自問した。五〇回目？　一〇〇回目か？　忘れてしまった。多すぎてひとつひとつを思い出せない。覚えているのは、昔、薄いフィルムにペンを使って記録していたことだけだ。気持ちが悪いほど原始的な方法だが、それだけが、〝それ〟や、自分と同じく主に仕えている船に見つからないやり方だった。そのリストはなくしてしまった。いつか、どこかで、どういうわけか。ただ、それがかつて存在したというあいまいな記憶だけが残っている。

最初の人生もまたそうだった。カルフェシュは、ずっと〝それ〟に仕えてきたわけではない、と信じている。かつてはごく普通の存在だった。ソルゴル人のなかの一人のソルゴル人で、死すべき者のなかの一人の死すべき者だった。だがもう昔の話だ。同じ種族の者は遠い昔に死に絶えたのに、彼はまだ生きていて、さらに長く生きつづけるだろう。慈悲深い運命が、彼にはそれがいいと考えたのだ。

鉤爪の下のひりつきが再び激しくなった。慌てて両手を上げると、苦しみを和らげてくれる冷たい水流が現れるのを待った。

一瞬、鉤爪の下は落ち着いた。だが、心をさいなむ燃えるような問いはそのままだ。

運命は本当に慈悲深かったのだろうか？　経験したことを忘れてしまうのなら、長い人生に何の意味がある？　自分自身が誰なのかを忘れてしまったら？　この長い人生を孤独のうちに過ごさねばならないとしたら？　自分が偉大なる総体の一部をなしているのは事実だが、総体は影のようにぼんやりとしたままだ。斜光で照らされた部分が見えるだけ。しかも、答えよりもさらに多くの疑問を投げかけてくる斜光なのだ。

刺すような痛みが左腕に走った。筋肉の痙攣《けいれん》だ。カルフェシュは驚きの叫びをあげて、一歩前に出ると、片手を広げて壁につき、伸ばした腕に全体重をあずけた。しばらくすると痙攣はおさまった。渋々ではあるにせよ。

疲弊《ひへい》しきっていた。これ以上は続けられない。これ以上は続けたくなかった。

これが説明のつかぬ行為の鍵なのだろうか。このような形で存在することに疲れ、〝それ〟が次の細胞再生を認めぬよう、無意識に願っている？　主の怒りが自分に向かえばいいと思いながら、動いているのだろうか。

そのような考えは言語道断だった。そう、お笑いぐさだ。だが、正常な判断力を本当に失いつつあるという以外に、どう説明がつけられる？　主の怒りを自分に向けようとしているという思いつきは、さらに言語道断だった。ただ……。

「失礼します、諜報者。お邪魔しなければなりません」と船が言った。その声はあらゆる場所から聞こえるような気がした。当然だろう。周囲のすべてが船なのだから。

「何のつもりだ？　衛生ユニットはプライベートな空間だぞ！」

カルフェシュは場違いなほど強硬な大声を出した。自分の弱さに感じた羞恥心《しゅうちしん》を怒りとして誰かにぶつけたくなり、その衝動に負けたのだ。

「わかっています」カルフェシュの口調を受け流して、船は答えた。「しかし、あなたが目にするべきことがありますので、諜報者。今すぐに！」

「見せろ！」

ホログラムが現れた。街の鳥瞰図《ちょうかんず》だ。ワンダラーのアルファ太陽の光のもとできらめいている。そのきらめきは、アルファ太陽独特のオレンジがかった色調を帯び、太陽に暖かな雰囲気を与えていた。この色味を見るたびに、カルフェシュは胸が熱くなる。理由は説明できなかった。ひょっとして、彼がそのもとで育った太陽の光と似ているのだろうか？

街の通りは簡素なロボットをのぞいて無人だった。ロボットは機械特有のシステマティックな几帳面《きちょうめん》さで保守作業をしている。〝それ〟は、街の準備が整っていることを重視していた。

「こんなことで私の邪魔をしたのか？」カルフェシュは船に怒鳴った。「この街なら知っている！」

「この街は、そうでしょうが……こちらは？」

それは、街の映像の視点となっていた猛禽《もうきん》が獲物を目指して降下していくかのようだった。ほとんど傾きながら街へ迫り、やがて一本の通りがホロの画面いっぱいに広がった——

——その通りの真ん中を、ある者が歩いている。

「これは誰だ？」とカルフェシュは尋ねた。あまりにも強く息を吸ったために、顔の開口部を覆うガーゼ状の呼吸フィルターが高い音を立てて震えたほどだった。

「あなたが興味を持つであろう者です」

イメージの猛禽が背後からその者に接近する。ヒューマノイドだ。黒い肌。よろめき歩いている。猛禽はその頭上へ疾駆し、そこで止まった。

これは女性だ、そこまではわかる。胸のふくらみがはっきりと認められるからだ。目は大きく見開かれていた。虹彩は銀色で、機械のレンズのように冷ややかだった。視線はうつろだ。頭蓋《ずがい》から赤錆色の羽毛が生えている。ところどころにはげができ、多くの羽毛はからまり固まっていた。

「彼女の名前は、クイニウ・ソプトールです」と船は言った。「アルコン人の血を半分引いていて、数時間前に、栄光に値する者としてワンダラーに到着しました」

「見るも哀れだな。何があった？」

「わかりません」

「なぜ独りで街にいる？　ホムンクは、栄光に値する者にふさわしい出迎えをしたのではないのか？」

「出迎えていました」

「疑わしいところだな」カルフェシュは、自分だけを頼りに街をよろめき歩く者に憐憫《れんびん》の情を覚えた。「なぜホムンクは彼女を助けてやらないのだ？」

「ソプトールが助けを受け入れなかったのです」

「非論理的ではないか！」

「はい」と船は同意した。「しかし、当然とも言えます。ソプトールはホムンクを攻撃しました」

「なんだと？ どうすればそんな……」カルフェシュは最後まで言えなかった。何千年も生きてきたが、そのような話は聞いたことがない。「なぜ彼女は攻撃した？」

「わかりません。もちろんその攻撃はイントトロニックに何の害も与えられませんでした。イメナーがソプトールを殺す間際までいきましたが、最後の瞬間にホムンクが下がるように命じています。イントトロニックは、ソプトールとその同行者を、通常の手順に従って街の部屋まで送り届けました。そこからソプトールは逃げたのです」

あの女性のなかで何が起きている？ カルフェシュは、見知らぬ者の表情を読もうとしたが、できなかった。その呼吸用開口部の隆起や、唇の幅の広い輪郭線は、ゆがんで左右対称ではなくなっている。顔面の深い穴に埋まった目については言うまでもない。

「部屋から逃げた？」諜報者は船の言葉を繰り返した。「不可能なことのように思えるが」

「ホムンクは、〝それ〟が訪問を予告してからというもの、注意を怠っていました。〝それ〟が現れることに動揺しているのは、あなただけではないようです」

カルフェシュは、船の無礼な皮肉を叱責するのはあきらめた。黙ったまま、女性が街をよろめき歩く様を追った。傷つきはて、街の輝かしい外見をよごすしみとなっている。その姿は、哀れだった。

「ソプトールを収容しますか？」と船が尋ねた。

「おまえが……おまえが彼女を我々のもとに迎え入れるというのか？」

「はい。そしてホムンクから隠すのです」

その考えは言語道断だった。だが同時に、その無謀さに魅了された。栄光に値する者が跡形もなく消えたと知ったときの、ホムンクのあぜんとした顔を想像した。しかもそんなことが、よりによって〝それ〟がワンダラーに到着する直前に起こる……。

あの女性を船に収容させるべきだろうか？　そうしろと命じようとしたとき、別の考えが頭に浮かんだ。クイニウ・ソプトールは逃げた――だが、何か目的があったのか？

「ソプトールを収容しましょうか？」と船が繰り返した。

「いや」とカルフェシュは応じた。「彼女が何を探しているのか知りたい。ホムンクの目から隠せ！」

「仰せのとおりに」

超小型ロボットが船を離れた。あっという間に女性のもとへ行き、マルチデフレクターを首すじに貼りつける。迅速に慎重に貼られたため、ソプトールは何も気づかなかった。

ぎりぎりで間に合った。

街のホロが消えた。船が言う。

「ホムンクがあなたと話したがっています」

ホムンクが？　イントトロニックは、ずいぶん前から絶対に必要でないかぎりカルフェシュと話すことを避けている。ホムンクは何か疑っているのだろうか。

「伝えておけ……」カルフェシュは考えこんで言った。「……今、私は手が放せないと」

「仰せのとおりに」

数秒間、カルフェシュは自分の興奮した呼吸が立てる静かな振動音だけに耳を傾けていた。やがて船が再び通知してきた。

「ホムンクは、すぐに話がしたいと言っています。緊急だと」

諜報者は息を止めた。ホムンクは疑念を抱いたに違いない。だがそうだとしても、つっぱねたところで何の役にも立たないだろう。それにホムンクが別の理由で連絡してきたのなら、通話を拒否すれば余計な疑いを招くばかりだ。

カルフェシュは衣服の上方をつかみ、肩に巻きつけた。

「ホムンクと話す」

ホロが現れた。ホムンク本人が衛生ユニットにいるかのようだ。

「ホムンク」とカルフェシュは言った。「どうしましたか？」

「〝それ〟が訪問を予告した」

ホムンクは、諜報者と話すときの常として挨拶を省いた。

「それは知っております」

「だろうと思った。おまえが知っているかどうか確認したかっただけだ。私の記憶がたしかなら、おまえは細胞再生を受ける頃だな」

カルフェシュの死すべき運命を引き合いに出した警告は、痛いところをついていた。諜報者は両手を拳に握った。鉤爪が肉に深い穴を穿《うが》つ。痛みは望むところだった。ホムンクへの怒りをまぎらわすべく、痛みを利用したのだから。

「それはわかっております」カルフェシュは冷淡に応じた。

「だろうと思った」ホムンクは一瞬黙り、いぶかるようにカルフェシュを見た。棘《とげ》のある言葉が自分の意図したとおりに諜報者を動揺させたのかどうか、見きわめようとするかのように。やがて口を開いた。「おまえはまだ知らぬだろうが、悲劇的な事件が起きた。栄光に値する者が一人、跡形もなく部屋から消えてしまったのだ」

「本当ですか？　なぜそのようなことに？　あなたの監視は完璧なのでしょう、ホムンク。違うのですか？」

「そうだ。だが〝それ〟の来訪の準備に注意力の大半を向けていたのでな。その栄光に値する者は、クイニウ・ソプトールというのだが、精神的に混乱していた。試練に耐えられなかったのだろう。治るかどうかわからんな。自分を傷つける行為に及ぶかもしれん。おまえは、あるいはおまえの船は、彼女に気がつかなかったか？」

「いいえ、私は眠っていました。アンブルでの任務で体力を消耗しましたので。私の船も、数分前まで自動修復モードにありました。しかし、我々がその気の毒な女性の手がかりを見つければ、直ちに連絡すると考えていただいてかまいません」

ホムンクは再び諜報者をしげしげと見た。だがやはり何も見つけられなかったようだ。

「そうしてくれ」

それ以上何も言わずにホムンクは通信を切った。ホロが消える。

船が静寂を破った。

「思い切ったものですね。それに、理性的ではありません」

「わかっている」とカルフェシュは言った。「例外だ。もうこんなことはないだろう」

「そうですか？　あなたがホムンクと話しているあいだに、もうひとつあなたが見るべきものを見つけました……」

7

カクトール

動物があげた断末魔の叫びを耳にしたとき、カクトールは自分の出番が来たと悟った。あのシュッという音には聞き覚えがある。光線銃の射撃音だ。

小川に浮かぶ小さな島で、粘土のように柔らかい地面で疲れきって寝ていた仲間たちは、驚いて飛びあがった。

「何だったの？」とスーが尋ねた。彼女はぱっと起きあがると、首を回して奇妙な森の茂みのあいだに目をやった。スーは怖がっていた。だがカクトールは、そんなことで彼女を責める気にはなれなかった。いや、彼はこの少女が好きだった。ほかの者の前で認める以上に好きだったのだ。スーを見るとカマルを思い出す。彼の二番目の妻の三番目の娘で、弱くて今にも折れそうで——それでいて言いようもなく粘り強かった。強い者にとり、強くあるのは簡単なこと。だが、カマルやスーのように自分自身を超えて成長する弱者こそが、真の強者なのだ。

カクトールは、カマルがまだ生きていれば、と思った。あの娘は、故郷がトプシダーの侵略を受けたとき、目の見えない曾祖母《そうそぼ》を守ろうとして射殺されてしまった。

「動物だな」と、ローダンがスーの問いに答えた。落ち着いて話している。確認のために。ローダンがさっとブルに目配せをした。見逃しがちな親友同士の仕草だったが、旅をするうちに見慣れたものとなっていた。ブルが目線で応じ、ローダンの無言の問いに無言の同意を返した。

「我々は追われている」とローダンは言った。

今や全員が立ちあがっていた。トーラは身を屈めて棒を手に取ると、棍棒のように構え、追っ手が何であれ誰であれ、一撃を加えられる姿勢をとった。普段、このアルコン人女性はお高くとまっているが、ことがあれば現実的な判断を下し、文字どおり手をよごすこともいとわないのだ。

「そうではないかと思っていました」とトーラは言った。「カルフェシュを信じてはならなかったのです。マルチデフレクターは役に立っていません！」

「そうかもしれませんね」とローダンは応じた。「しかしそれは今、大事なことではありません。ここを離れなければ！」

カクトールはゆっくりと小島の端へ行った。足がくるぶしまで土に埋まる。ひんやりとした水は、血を冷やし、頭を冷やしてくれた。フェロン人は奇妙な森をすかし見た。遠くまでは見えない。茂みにさえぎられ、見えるのは二〇メートルか三〇メートルほど。とくにおかしなものは見て取れず、これといった物音も聞こえなかった。だがやむをえないだろう。小川の音があたりの音をかき消しているのだから。

「離着陸場から見えた、丘の頂の大きな岩を覚えているか？」とローダンが言った。ほかの皆と一緒に、カクトールも同意した。「あそこが集合地点だ。各人、自力であそこまでの道を切りひらくこと。そうすれば追っ手に見つかりにくくなる」

「皆をテレポートさせられるが」とラス・ツバイが口をはさんだ。何度見ても驚かされるほど、非常に黒い肌をした人間だ。ヴェガ星系のどこに行っても、これほど黒い肌をしたフェロン人はいないだろう。ラスはその能力で一度ならず仲間の命を救ってきた。

「ありがとう、ラス！」とローダンは言った。「だが今はいい。きみは我々の命綱だ。まだきみが必要な状況ではないしな。力は温存しておいてくれ。それに、この世界にテレポーテーションを感知できる装置があっても不思議ではない気がする」

ローダンは全員に向かって言った。

「皆、何をすべきかわかっているな」と、一人一人の顔を見ていった。カクトールまで来て視線を止める。フェロン人は膝が崩れそうだった。ペリー・ローダンは、彼にとって特別な存在なのだ。

「カクトール、どうしたのですか？　納得していないようですね」

カクトールは頭を下げた。光をもたらす者と目を合わせていられなかったのだ。フェロン人を救うという、光をもたらす者の伝説を、命がけで現実のものとしてくれたのはローダンだった。地獄の惑星ゴルで、身を挺して彼の命を救ってくれたのもまた、ローダンだった。

そしてペリー・ローダンは、彼の心を見抜いている！

「いえ、いえ」とカクトールは慌てて言った。「あなたのプランがいちばん見込みがあると思います」

光をもたらす者に、自分が何をもくろんでいるのか悟らせてはならない。この計画を実行に移すなど、ローダンは決して認めないだろう。だがやるしかない。今は、自分の余計な命よりはるかに重要なことがある。

「疲れただけです。それだけですよ」

ローダンが返事をするまでしばらく間があき――カクトールには永遠にも思えた。ようやくローダンが口を開いた。

「皆が疲れていますからね。集合地点でゆっくり休めるよう、願うとしましょう」ローダンは背を向けると大声で言った。「行くぞ！　無駄にできる時間はない！」

仲間たちは出発した。ローダンは右へ向かい、小川の流れが狭いところを飛び越え、茂みに消えた。トーラがそのあとを追って小川を越え、別のほうに向かう。ブルとラスは左に向かって小川を渡り、ふと立ち止まった。ブルが右手をあげて「ハイタッチ」と呼んでいる形にすると、ラスがその手を叩き、別れていった。

「どうしたの？　カクトール」とスーが尋ねた。「どっちに行くの？」

「まだわからない」カクトールはしゃがんだ。「靴をしっかりはきなおしてから行くよ。水のせいで留め具がゆるんでしまった」

「オーケイ。幸運を祈ってる！」

スーは上流に向かった。

カクトールは、何の問題もなくはまっていた靴の留め具を引っ張り、スーが視界から消えるのを待った。

フェロン人は息を吸いこんだ。やってしまった。光をもたらす者に嘘をついた――だがローダンは気づかなかった。カクトールは疲れてなどいない。身体的には。ワンダラーの重力は、故郷世界よりはるかに弱いのだ。力がみなぎり、木を引き抜くことさえできそうな気がした。

体に力があふれ、頭もこれまでに感じたことがないほどはっきりしている。

ペリー・ローダンは光をもたらす者だ。フェロン人の伝承によれば、カクトールの種族を救う者だった。ローダンとはじめて会った瞬間に、そう見抜いたと、信じた。ローダンは否定した。だが結局は、トプシダーの侵略を止めるべく、光をもたらす者を名乗ったのである。

人間が言うところの、ハッタリだ。しかも捨て身のハッタリだった。だがハッタリが現実になった。ローダンは出番が来たとき、自分が光をもたらす者であることを証明した。その後ゴルで、また、死の病に冒されたクレストを探す旅のさまざまな場面で、ローダンは改めて何度も、並外れた者だと証明してみせたのである。決して冷静さを失わず、どのような状況にあっても、正しい道を歩むためのコンパスを内に持っている男だった。

カクトールのペリー・ローダンに対する畏敬の念は、日ごとに深まっていた。だが限界もわかっている。ローダンは光をもたらす者かもしれないが、それでも過ちを犯す者なのだ。その能力には限界があり、ときにはただのハッタリで終わることもある。今この瞬間の彼自身と、つまりカクトールと同じように。

自分たちが本当に追われているのなら、追っ手を振り切るのは無理だろう。たとえ散り散りになったとしても。仲間に必要なのは、盾《たて》となって彼らを逃がせる陽動作戦だ。

カクトールは、ゆったりとしたシャツのすそを両手でつかみ、一気に頭上へ引きあげた。そして無造作に投げ捨てる。腹に目をやり、腕や肩を見ていった。何もない。カクトールは肩の後ろに手を伸ばし、背中を手さぐりした。最後に背中の下のほうを探した。やはり何もない。

目を細めた。窪地《くぼち》にたまった水のそばに行く。水は澄んでいた。カクトールは、鏡のような水面で自分の背中が見えるように、回れ右をした。

デフレクターを見つけた。皮膚のように薄い素材が背中の真ん中にしっかりと貼りついている。人間よりはるかに肩幅が広いフェロン人には、とても手が届きそうにない場所だった。カクトールは手を伸ばそうとした。上体をねじり、右腕を背中に回した。指先が一センチまた一センチと前進し、ついにデフレクターに触れた。肌より柔らかいことで、それとわかる。

あとほんの少しだけ、もう少し……。

背骨に刺すような痛みが走り、カクトールはうめき声をあげた。歯を食いしばると反動をつけ、さらに腕を伸ばす。痛みのためにもう少しで気を失うところだった。だがついに親指と人差し指でデフレクターの端をはさむと、全力ではぎ取った。

皮膚のように薄い素材は体を離れた。フェロン人は叫び声をあげた。背中に火がついたかのようだったが、やりとげたのだ。血に染まり、だらりと垂れたデフレクターが指のあいだで揺れている。古びたぼろ切れのように。

カクトールはデフレクターを水へ投げこみ、窪地の水に沈んでいく様を見た。フェロン人の血と、はぎ取られた皮膚の断片が広がり、澄んだ水が染まっていく。

カクトールは、いつまでも眺めてはいなかった。歩き始める。下流へ、街へ向かって。

出番が、来たのだ。

8

ホムンク

「嘘をついてます。カルフェシュは嘘をついてます」

ホムンクは、たった今まで諜報者の頭と上半身が映るホロが浮いていた場所から目を離した。イントトロニックはイメナーのためにホロを使った。ホムンクには必要のないものだったが、イメナーは視覚と聴覚による補助手段がなければ話を追えないからだ。

「何を言いだすのだ！」ホムンクはイメナーを叱責した。「カルフェシュは〝それ〟の諜報者だ！　私に、つまり第一の従者に説明する義務がある。その忠誠心に疑問の余地はない！」

「カルフェシュは、あのクイニウ・ソプトールがどこにいるのか知っています」イメナーは腕を組んだ。反論をするときはいつもこうする。「転送機のそばで私を止めてはいけなかったんですよ。あんなことをしなければ、問題はとっくに解決していたんですから」

「言葉に気をつけろ！　彼女は栄光に値する者だぞ！」

ホムンクの怒りは本物だった。彼は主の忠実な従者だ。〝それ〟の意向を、常に、確実に、文字どおりに実現してきた。栄光に値する者に何かがあってはならない。どんなことがあろうと。クイニウ・ソプトールのようにきたならしい者であっても。

「見境のない怒りのために、おまえが彼女に怪我をさせたり、ましてや死なせたりするのを見過ごすわけにはいかぬのだ」

「お望みのとおりに。でも私に言わせれば、あなたは余計なことをして人生をややこしくしているんですよ」イメナーは足で埃を舞いあがらせた。街の道路には存在しない埃だ。

「とにかく、カルフェシュは嘘をついています。感じるんです！」

「ほう、それで？　感じというものにどんな意味があるというのだ！」

ホムンクは、街を抜けるあてどない彷徨《ほうこう》の旅を再開した。イントトロニックに家はなかった。そんなものは必要ない。自分自身のなかで憩えるのだから。

イメナーは、怒りを込めて鋭く息を吐いたが、結局はついてきた。反抗してみたものの、彼女はホムンクがいることよりもいないことのほうが耐えられないのだ。いつも彼のそばにいようとした。だがもちろん常にそうできるわけではない。彼女は有機体だ。生理的欲求がある。定期的に非定期的な間隔をおいて、つまり疲れきったときには、イメナーは家々のひとつにひきこもって眠るのだ。

ホムンクは彼女の弱さに憐憫の情を感じていた。だが――イメナーの前で認めることはなかったが――魅了されてもいた。そう、かすかな羨望《せんぼう》だ。ときに彼女が夢の話をすることがある。そこでカリブソと再びひとつになったのだという。そのときの彼女の表情は恍《こう》惚《こつ》としていて、はるか遠い、よりよい世界への旅から戻ってきたかのようだった。

それは、ホムンクが立ち入ることのできない世界なのだ。イントトロニックは、夢という概念を知ってはいた。その現象について、手に入るかぎりの情報源を利用して綿密に研究した。だが自分で夢を見るのは不可能だった。何度もやってみたのだ。数千年が過ぎるあいだに。

「カルフェシュは嘘をついてます！」イメナーは繰り返した。「私にはわかるんです！ 感じることは、有機体にとってすべてなんです。たいていの者は認めないかもしれないけど。信じてください！ 私は有機体です――カルフェシュと同じく！」

「おまえの主張は馬鹿げている」イメナーはやっとのことでホムンクの歩調についてきていた。だがホムンクはそのまま歩きつづける。「事実に反しているのだ。カルフェシュは、栄光に値する者が到着したあとでワンダラーに来た。アンブルで〝それ〟の重要な任務を果たし終えてから。カルフェシュとあの女のあいだに接点はない！」

「あなたの反論は非論理的です！」

ホムンクにとって痛い攻撃だった。イメナーは、この言葉以上にイントトロニックに痛手を与えられる非難のやり方はないとわかっていた。

　ホムンクは突然立ち止まった。

「黙れ！」

「すぐに。別の事実をどう説明するのか、聞かせてもらえたら！　クイニウ・ソプトールはワンダラーに戻ってきました。驚くべきことに、あらゆる予想に反して。その直後に姿を消したんです。センサーはあの女に反応しなかった。まるで、ワンダラーの穴だらけの地面があの女を呑みこんだみたいに」

　イメナーは黙ると、相手の反応を待った。

　ホムンクは黙っていた。イメナーが自分の考えを続ける。

「それとほとんど同じときに、諜報者カルフェシュが現れました。でも、あなたが言ったみたいに任務を完了させてからじゃありません。アンブルは、ほぼ、〝それ〟の所有物になりました。でも完全にではないんですよ。カルフェシュは予定より早くあの惑星を離れました。なぜですか？　カルフェシュに何か理由があったからですか？　もしかして、特定の栄光に値する者がワンダラーに到着するから？」

　ホムンクはアンブルのデータを呼びだした。本当だ。実際に、カルフェシュは任地を予定より早く立ち去っていた。

「もしかしたら」イメナーはことさらゆっくりと話した。「もしかしたら、クイニウ・ソプトールは地面にじゃなくて、宇宙船に呑みこまれたんじゃありませんか？ カルフェシュの宇宙船に？」

そのような考えは言語道断だった。

「諜報者は細胞再生を目前に控えているのだぞ」ホムンクはイメナーの言葉をはねつけた。「なぜそのような馬鹿げたことで自分の命を危うくしなければならぬのだ？ おまえの主張が正しい可能性はきわめて低い！」

低い、とはいえ、ありえない話ではない。だがホムンクは口にしなかった。イメナーの考えは言語道断だったが、なるほどと思わせる程度にすじは通っている。カルフェシュが裏切っている、それ以外に説明のつけようはなかった。その筋書きは、一連の出来事のあらゆる側面と符合していた。

ホムンクは立ち止まった。カルフェシュが裏切り者？ 本当にそんなことがありうるだろうか。それとも、〝それ〟の思いがけない来訪のために、興奮が思考に反映されたにすぎないのだろうか。たしかにその要因も何らかの役割を果たしているだろう。クイニウ・ソプトールは姿を消し、今も消えたままだ。いったいどこへ……。

アイデアが浮かんだ。まだ部屋に残っている、栄光に値する者たち！ 彼らがソプトールの手助けをしたに違いない！

ホムンクは別のホロを出現させた。彼とイメナーは、三人の栄光に値する者の部屋を窓越しにのぞいているかのようだった。

彼らは言い争っている。

「あなたがたは、あのホムンクに丸めこまれたんですよ！」女性が老人とトカゲを責めていた。「〝栄光に値する者〟だとか、不死だとかいう無駄口のせいで、判断力が鈍ってしまったんです！」

「それは無礼なのではありませんか、タチアナ！」老人が立ちあがった。怒りに震えている。恥辱もまざっているのだろうか？「ホムンクが信じられないという証拠はありません」

「そうですか？　それならなぜ、クイニウは復讐の女神みたいにホムンクに襲いかかったんですか？　会ったとたんにですよ？」

「私に何がわかるというのですか？　彼女は精神的に消耗しきっていました。ほかに理由があったのでしょう」

「それはありえますな」と、トカゲが口をはさんだ。「クイニウ・ソプトールがホムンクを知るはずがない。偶然に違いありません」

「なぜ知っていてはいけないんですか？」女性は勢いよく振り返り、トカゲに言った。

「クイニウは私たちより数週間早く、海底ドームの転送機を通って地球を離れたんです。それから数十回もいろいろな場面を生き抜いてきたに違いありません。本当にさまざまな時代で。そのあいだにあのホムンクと会っていたというのは、じゅうぶんに考えられることじゃないですか。そして間違いなく、喜ばしい出会いではなかったのです！」

「タチアナ、それは根拠のない推測です！」ふたたび老人が口を開いた。「あなたには、そんな主張をするだけの証拠がないではありませんか」

「でも状況証拠はそろっています！　クイニウは、なぜホムンクを攻撃したのですか？　なぜその直後に跡形もなく消えたのですか？　ホムンクが彼女を排除したのでしょうか？」

「何を言っているのですか？　そんなことは考えられません！」

老人とトカゲが興奮し、入り乱れて話している。

ホムンクは驚きながら言い争いを追った。あの女性は、三人のうちで立場がいちばん下だと思っていた。若く、未熟だと。だが今は、いちばん強いと感じた。鋭い知性を備えている。それに加え、もう使い物にならぬ概念や希望を放棄して、現状を受け入れる準備ができていた。しかも彼女の推測は、ホムンクにとって好ましい程度を越えて真実に近かった。

「彼女は賢いです」とイメナーが言った。「その賢さを、頑固な老人たちに与えています」

だが、イメナーは言い争いを意識の隅で聞いていただけだ。彼女は地面にあぐらをかき、首にかけたお守りを開いた。目の前にホロが現れる。カリブソの姿だ。井戸のそばでしゃがんでいるらしい。その黒くて丸い穴は、転送機の放射フィールドを思わせた。

これは反抗を示す典型的な仕草だ。普段、このような行為は禁じている。だが今は放っておいた。あとで、ソプトールの居所が明らかになり、〝それ〟がワンダラーを去ったあとで、イメナーの誤った態度を罰してやればいい。

ホムンクは再び栄光に値する者に注意を向けた。彼らはどうやって試練を乗り越えたのだろうか。アルコン人は大変な高齢で、衰弱し、病んでいるようだ。トカゲも歳を取っており、片目が欠けている。そしてあの言い争いが証明しているように、あのグループには対立関係があるようだ。危機的状況に陥れば、すぐにでも爆発しかねない対立だ。ホムンクは不思議に思っていた。そもそもなぜ、〝それ〟は有機体と関わっているのだろうか。彼らは哀れなほど不完全だというのに。

「カリブソ、元気にしてる？」とイメナーがささやいた。

彼女はホロと話している。カリブソは横から見えるだけだ。彼女自身と同じように、ひどく小柄なようだ。カリブソの姿勢から言葉にならぬ悲しみが読み取れるような気がした。だがそれは、イメナーの絶望ぶりから導かれた解釈なのかもしれない。

「また会えるわね、カリブソ」とイメナーがささやいた。「わかってる」

そのカリブソとは何者なのだ？　恋人？　父親？　いやひょっとして、兄か？　イメナーは口を閉ざしていて、ホムンクの追求もむなしく終わった。おそらくカリブソは存在しないのだろう。イメナーの空想のなかにだけ存在し、彼女の憧憬《しょうけい》が形を取ったものなのだ。

驚きの叫びを耳にして、再び栄光に値する者に注意を向けた。声を発したのはあの女性だ。エネルギーフィールドの椅子に片手をついている。彼女が倒れないよう、部屋が一瞬で用意した椅子だ。もう片方の手は額に置かれている。皮膚に汗の玉が浮かんでいた。何かがあってひどく体力を使ったのだ。だが、何が？

「タチアナ！　どうしたのですか？」

老人とトカゲが女性に駆け寄った。言い争いのことは忘れたようだ。だが、うわべだけだろう。ホムンクにはわかっていた。有機体の記憶力は不完全だが、侮辱や仲違《なかたが》いについては機械のような完璧さを発揮する。あの言い争いは、またあとで再燃するはずだ。

「私は……」女性は苦しそうに目を細めた。「思考を捉えました！」

「クイニウ・ソプトールですか？　手がかりをつかんだのですか？」

「いいえ。あれは……カクトールです。フェロン人の！」

「カクトール？」老人は信じられぬ顔で繰り返した。「そんなことはありえません！」

「あるんです！　カクトールの思考の特徴はわかっています。今ここに……そして……一人ではありません。ペリー……ペリー・ローダンも、ワンダラーにいます！」

9

ペリー・ローダン

ローダンは集合地点に着いた。岩のまわりに明るい一帯があった。岩は、森からタワーのごとく生えてきたように見える。黒っぽい岩で、ところどころで表面がはがれ落ち、明るいすじが見えていた。宇宙飛行士の訓練中に手に取った隕石《いんせき》と、どこか似ている。岩のまわりを一周した。一番乗りだったらしい。

森の物音から仲間の居場所を知ろうと、耳をすます。だがすぐにあきらめた。昂《たかぶ》りすぎた感覚のせいで、ひっきりなしに枝の折れる音が響くような気がするのだ。

ローダンは無理にでも休むことにし、岩に背中をあずけた。岩は温かかった。太陽の光を蓄積させているのだろう。表面が磨かれているように見える。岩が背中に合わせて湾曲したような気がした。腕に森の茂みでつくった引っかき傷があるが、そのほかに怪我はないようだ。蜜蜂サイズの鳥の群れがずいぶん長いあいだついてきたが、やがて興味を失ってどこかに飛んでいった。

首を回して岩を見あげる。地球のオベリスクのようだ。驚くほどまっすぐな直線によって形づくられ、まるで、ほとんど……。

ローダンははっとして振り返った。森の端の茂みが揺れたのだ。岩を突いて離れ、逃げられるように身構える——だがその瞬間、人影がふたつ空き地に駆けこんできた。ブルとスーだ。

スーはがっしりとした元宇宙飛行士に支えられていた。額の傷から血が出ている。

ローダンは二人のもとへ急いだ。

「何があったんだ？」と尋ねた。

「ひどいといっても半分くらいですぜ」ブルが手を振ってみせた。そのあいだにローダンがスーの左わきを支える。少女は思ったより軽かった。ここ数週間で痩せたのだろう。

「滑り落ちたんですよ。川床のぬるぬるした石の上にいて——そうしたら隣の石がいきなり爆発したんです」

「追っ手か？」とローダンは尋ねた。

「何も見えなかったんですがね」とブルが応じた。「ただ、ずっと聞こえてましたよ。あの音からして、かなり遠慮会釈なしに森を爆走してきたらしい」

「おまえたちは見つからなかったのか？」

「それはありませんぜ。マルチデフレクターのおかげでしょうな。それに、俺に言わせれば、何かの機械だか、俺たちを追っていた何だかは、ほかのことに気を取られたようでしてね」

「なんでそう思うんだ？」

「物音は、はじめはどんどん近づいてきてたんですよ。あんまり近いもんだから、俺とスーが立ててる音かと思ったくらいだ。それが急にものすごく静かになったと思ったら、遠ざかっていきましてね」

二人でスーを岩のそばへ連れていった。ブルはスコップのような両手で彼女の頭をはさみ、じっくりと見た。

「しっかり出血してるな」と専門家じみた顔で言った。「包帯をしたほうがいい」

「そんなことしなくていい」スーは首を横に振ろうとしたが、ブルの手に押さえられ、それらしく見えただけだった。「もうやってるから」

スーは目を閉じた。額に汗が浮かび、すぐに出血が止まった。細胞操作能力を発揮して、自分で自分を治しているのだ。ただでさえ限界に近い体力をさらに酷使する行為だが、医療用具がない状況ではそうするしかなかった。感染症が起これば、恐ろしい結果を招きかねない。

その直後、豹のように音もなくラス・ツバイが森から飛びだした。

「悪くないな」とブルがコメントした。「アフリカの古い狩人の血か？」

「いや、子どもの頃にさんざん遊んだからな」ラスは唇をゆがめて笑みを浮かべた。「金持ちの叔父がいて、ハルツームに荒れ放題の庭を持っていたんだ。私の両親がアディスアベバの株式市場でミクロトレーダーとして働いていて、骨の折れる仕事の疲れを取りに、週末にはよく叔父のところに行っていたのさ。数字はもう見たくないからってな」

「チッチッ」とブルは舌を鳴らした。「俺の最後の偏見までひっくり返してくれたな。未開の地アフリカでさえ、もう昔のままじゃないってわけか」

ブルが最後まで言い終わらないうちに、トーラが岩へ到着した。着衣は完璧で、目に見えぬシールドによってこの惑星の植物や泥から守られているかのようだ。ブルは辛辣なコメントを発しようと口を開いたが、最後の瞬間に考えなおしたらしい。トーラとひと悶着《もんちゃく》起こす前に、二度は考えてみるべきで——ブルは力を温存したほうがいいと判断したのだろう。

残るは、カクトールだけ。

フェロン人が現れないまま数分が過ぎたとき、ブルが沈黙を破った。

「これじゃまるで、天気予報が雨が七日続くって言ったときみたいだ。カクトールは今に来ますぜ。あいつはしぶといんだ！　そう簡単に止められる相手じゃない！」

「もちろんだ、レジ」とローダンは同意して、友が自分の不安に気づかないよう願った。

だが、少なくともトーラはその不安を見逃さなかった。

「あなたのヴィジョンのことで話が止まっていましたね、ローダン」と彼女は言った。「あなたは、声が自分を呼んだと言っていました。ゴルで」

ローダンは、話題が変わって安堵した。

「そうです。あの声は、私が必要だと言ったのです」

「ローダン……」アルコン人女性が慎重に口を開いた。「……あなたの知覚に疑問をはさみたくはないのですが、本当に、我々が今、そのヴィジョンで見た世界にいるのは間違いないのですか？」

「絶対に間違いありません。あのヴィジョンは私の記憶に焼きつけられています。あの映像がはっきりと目に浮かぶのです。私のヴィジョンの世界と、カルフェシュの船でここへアプローチする際に見えた世界は、同じものです」

「わかりました。それはそれでよしとしましょう。あなたはここへ呼ばれた。しかし、我々はここであまり歓迎されていないようです。これについてはどう説明するのですか？」

ローダンは考えこんだ。

「我々を追っているのが何者であるにせよ、私を呼んだ者ではないと思います。これが考えられる説明のひとつです。もうひとつの説明は、我々は同じ世界にいるが、まだ目的地には着いていない、というものです」

「わかりません。我々はあなたのヴィジョンの世界にいるのでしょう、この世界の唯一の街に。そして……」

「この世界のこちら側で、唯一の街です」とローダンがさえぎった。「しかし、この世界は半球なのです。我々は曲面の側にいる。だがあの声は、平面の側から私に呼びかけていた。そこへ行かなければ！」

「素晴らしいご意見ですこと！　我々は、高度な技術を持つ見知らぬ世界へやってきた、ひと握りのみすぼらしい逃亡者にすぎないのですよ。それなのにあなたは、別の側に行くべきだと真剣に提案するわけですか？　平面の、物理的に絶対に不可能な側は、その存在が証明されてもいないのですよ？」

「存在します。間違いありません。そのうえ、ほかにどんな選択肢があるというのですか？」

「投降できるでしょう！」

「そしてあきらめる？　忘れないでください。我々はレヤンに着いたとき、もう少しで排除されるところだったのです。〝それ〟の従者の誰もが、カルフェシュのように独自の判断で動いているわけではないし、疑うことを知っているわけではないでしょう！」

「もちろんそうですわ」怒りのために、アルコン人女性の額に血管が浮きあがった。「しかし、あなたの提案は実行不可能です！」

「そうでしょうか？　私はそうは思いません」

ローダンは数歩移動して、岩のオベリスクの周囲を回ったときに見つけた砂の地面に向かった。膝をつくと、砂に指でワンダラーの曲面の側を描く。ごくわずかな時間で仕上がった。その映像は記憶に強く焼きつけられていて、目を閉じていても描けるほどだったのだ。

「我々はここにいます！」そう言って、ローダンは人差し指を砂に深く差しこんだ。「北の大陸の東岸です。私の感覚では、この街は惑星の切断面の端から五〇〇キロも離れていないはずだ。その端と大陸のあいだには海しかない。飛行機があれば、ひとっ飛びというところですね」

「そんな手段をどうにかできると、本気で考えているのではないでしょうね！」

「考えていません。しかし、海を渡る伝統的な手段があります。船ですよ」

「我々は船など持っていません！」トーラが激しく応じた。

「まだ持っていません。しかし、この街は海岸まで延びています。そこに港があると考えるのは、少なくともありえない話ではないでしょう」

トーラは葛藤《かっとう》していたが、やがて言った。

「わかりました。あなたの素朴な楽観主義には負けましたわ。さしあたりは。船が手に入って、半球の縁まで行けたとしましょう。それからどうするのですか？　その自然に反する構造は、きわめて強力なエネルギーフィールドで安定化されているはず。そうでなければ、どうやって海水が縁から流れ去るのを止められるというのですか？」

「地球が円盤だと考えていた我々の祖先も、同じことを考えていましたよ」トーラが激しく反論してくる前に、ローダンは手を上げた。「ただの冗談です！　ええ、そのとおりだと思います。そこには何らかの形の障壁があるはずだ。しかし私はヴィジョンで、この惑星の平面の側にも大きな水面があるのを見たのです。ですから当然、ワンダラーのふたつの面をつなぐ水の循環の存在は予想できるわけです。したがって、目的を達するために利用できる何らかの水路がある可能性は、高いと考えています」

「そうかもしれませんが、無謀な冒険にしても行きすぎでしょう」

トーラは、高慢さと憐憫の情と敬意がまざったまなざしで、長々とローダンを見た。

「このありえない世界ほどには行きすぎていませんよ。私に言わせれば、ですが。あるいは、不死ほどには。我々は……」

「気をつけろ！」皆が計画を練るあいだ、見張りを引き受けていたラス・ツバイが叫んだ。

「何かがこっちに来る！」

ローダンは身を硬くした。追っ手が自分たちの足跡を見つけたのか？　最悪の事態を覚悟しなければ。

「逃走の準備！」ローダンは大声を出した。「めいめいに自力で道を切りひらけ！　街の港に集合だ！」

　ローダンは、苦労して立ちあがろうとしているスーに目をやった。ブルがそばへ急ぎ、手を取ると、毅然とその手を引いて立ちあがらせた。まだぐらついていたが、とにかくスーは立った。

「スー、行けそうか？」とローダンは尋ねた。

「うん、すぐにね。傷のせいですごく力を使っただけだから……」と言って額に手をやった。そこには、よく見れば明るい部分があるだけだ。皮膚の傷はなくなっていた。

「一人だけだ！」とラスが叫んだ。今は森のすぐそばで見張っている。

「それだったら！」ブルは傍目《はため》にもわかるほどほっとした様子で両手を腰にあてた。「カクトールに決まってますぜ！　さっきも言いませんでしたか？　我らが実戦向きの青い肌の四角い奴は、頑丈なんだって！」

　そう言い終わるか終わらないかのうちに、ひとつの人影が猛烈な勢いで茂みを突き破った。さらに三、四歩よろめいて、太い茎の草のあいだへ棒のように倒れこんだ。

　その人物は、四角くもなければ、青い肌もしていなかった。

　彼女は背が高く、ほっそりとしていた。その肌は黒かったが、スーダン人であるラス・ツバイよりも濃い色をしている。

「クイニウ・ソプトール！」とトーラが叫んだ。「こんなことはありえない！」

その女性は草のなかで身をよじり、理解できないことをつぶやいた。

スーが彼女のもとに駆け寄り、身を屈めた。少女は片手をその女性に乗せた。アルコン人の血を半分引く者は、はっと身を引こうとしたが、スーが静かに話しかけると体の力を抜いた。

ローダンはスーに続いてソプトールに近づくと、しゃがんだ。

「もう大丈夫だ」とローダンはささやいた。「きみは味方のもとにいるのだから！」

だがソプトールには聞こえていないようだ。目は何も見ていない。虹彩は銀色で、日光を反射させるクロムのようにきらめいていた。髪は……髪は髪の毛ではなく、赤錆色のわたのような羽毛だった。だが羽毛が生えた頭部ははげが目立ち、残った羽毛もからまり固まっていた。

ローダンはスーを見た。少女がうなずく。彼女がソプトールのケアをしてくれるだろう。

ローダンは立ちあがると、ソプトールのもとに来る気配を見せないトーラのそばへ行った。ローダンは静かに尋ねた。

「この女性を知っているのですか？」

「はい。クイニウ・ソプトールです。アルコン人の血を半分引く者で、《アエトロン》の乗組員でした」

　トーラは押し殺した声で言った。

「ソプトールは、あなたが太陽系の探査に出た際に、二機目の哨戒艇に乗って同行していたのですよね？」

「そうです」

「彼女は、あなたやクレストやタミカを別とすれば、《アエトロン》の唯一の生存者ということになりますね？」

「そのとおりです」

「あなたは、彼女に会えて嬉しくないのですか？」

「なぜ喜ばないといけないんですの？」アルコン人女性の眉のあいだに深いしわが刻まれた。「私はカクトールが来るものと思っていました。幾度もの試練を耐え抜いた仲間が。ところがその代わりに、裏切り者が現れたのですよ！」

「裏切り者？　それは説明してもらわなければ」

　ローダンは一歩下がらないように自制しなければならなかった。トーラの怒りは、腰が引けるほど激しかったのだ。

「ソプトールは金星で逃亡したのです！　私の哨戒艇は金星避難基地の砲撃を受けました。ところがソプトールは、私と副パイロットのタミカの掩護《えんご》をする、あるいは少なくとも墜落後に我々を捜す代わりに、逃亡したのです」

「トーラ、あなたの怒りはよくわかります。しかし金星避難基地の武装はきわめて強力だったのですから、二機目の哨戒艇にはどうすることもできなかったでしょう。それはあなたにもわかっているはずだ。それにクイニウ・ソプトールは、あなたとタミカがあの砲撃を生き延びていないと判断したに違いありません。金星に戻って命を危険にさらすなど、馬鹿げた行為だったと思いますよ」

トーラは刺すような目でローダンを見すえた。数秒黙ってから口を開く。

「そうかもしれません。しかし、ソプトールは地球で潜伏したのです。指揮権を持つ上官と連絡を取る代わりに、ロボットのリコとともに逃げたのですよ。これは脱走です！　アルコン艦隊では死に値します。そして私の知るかぎりでは、これは地球の軍隊でも変わりませんね」

「俺たちは軍隊じゃありませんぜ！」

ブルが口をはさんだ。顔は真っ赤で、トーラにつかみかからんばかりだった。ブルは弱者に弱いのだ。思わぬ形で現れたアルコン人の血を半分引く者の肩を持つ以外に、取れる道はなかったのである。

「もちろん違いますわ」とトーラは応じた。「我々はみじめな追われる者の群れでしかなく、あなたがたの故郷から遠く離れ、おそらく数千年の時を隔てた場所にいる、絶望的な者たちです。生き延びるためだけに闘っているのですよ。我々は犯罪者や、間違った理解にもとづく同情などに関わっている場合ではないのです！」

「この人は、私たちに何もしてないじゃない！」とスーが叫んだ。クイニウ・ソプトールを守ろうと彼女の体に両腕を巻きつける――とにかくできるだけ。彼女の腕は、そうするには短すぎたのだ。「この人が苦しんでるのがわからないの？　怖がってるの！　私たちみたいに逃げてるのよ。私たちの助けが要るの！」

「それは、私にもわかる」トーラは静かにゆっくりと言った。ひと言ひと言をしぼり出す必要があるかのように。「でも教えてくれるかしら。なぜ我々がソプトールを助けなければならないの？」

「私たちの仲間になれるから」とスーは言った。「一人増えたって、どうってことないでしょ？」

「この状態で？　立つこともできないのに！」

「立てるようになる！　私が……。今は疲れてるけど、知ってるでしょ、私は彼女に力をあげられるの！」

「それはよくわかっているわ」アルコン人女性は驚くほど柔らかい口調で言った。彼女とスーのあいだにも絆ができたことを表す口調だった。「でも仲間になるのは無理よ。スー、あなたの力は驚くべきものだけど、無尽蔵じゃない。それにクイニウ・ソプトールはマルチデフレクターをつけていないでしょう。あっという間に我々の居所をばらしてしまうわ。

そばに置いておくべきではないの。そうしなければ、我々の負けが決まってしまう！」

トーラは振り返ると、尋ねるようにローダンを見た。何も言わなかったが、その必要はなかった。視線だけでじゅうぶんだ。アルコン人女性は、彼に、リーダーに問いかけたのだ。彼女はローダンの決定を待っていた。彼女の主張どおりにリーダーが下すべき決断を。より高い次元から全体を捉えた決断を。

本来ならば、ほかに選択肢はない。クイニウ・ソプトールを置き去りにして、できるだけ早く出発すべきだ。トーラの言うとおりだった。アルコン人の血を半分引く者は、彼ら全員を危険にさらす。ローダンは、ソプトールの運命と仲間の運命を天秤にかけなければならない。五対一。単純な計算だ。

だが、それでも……。

彼らはワンダラーで命をかけて苦闘している。そのとおりだ。だが戦うために旅に出たのではなかった。彼らは、死の病に冒されたクレスト・ダ・ツォルトラルを救うために旅をしていた。見方によっては、伝説の、永遠の命の世界を見つけるために。命を救うために。

それなのに今、彼らと同じく、転送機とその不確かさを信頼する勇気を見せた女性を、そして恐怖ゆえに思考力を失ったらしき女性を、見捨てなければならないのか？

だめだ。そんなことはできない。

「クイニウ・ソプトールには、我々のもとにいてもらう」と、ローダンは決めた。「我々の仲間になる。彼女が体力を回復しだい、一緒に連れていく。スー？」

「クイニウには少し休憩が必要よ。私が、体力が回復するように手伝うから。三〇分で回復すると思う。そう願ってる」

　ローダンはうなずいた。

「よし。待とう。そうすればカクトールも追いつけるだろう」

「ローダン！」トーラが目の前に来た。「あなたの決定をもう一度よく考えてください。あなたは……」

「デフレクターよ！」スーがいきなり叫んだ。「ほら見て、私たちみたいにデフレクターをつけてる！」

　ソプトールのシャツがめくれあがっていた。腰に見間違えようのない薄いシートが貼りついている。ローダンや仲間たちがカルフェシュから受け取ったのと同じ――追っ手から見えないようにしてくれるものだ。

「こりゃあ、ＮＡＳＡのお役所仕事の奇跡を身をもって体験してるベテラン宇宙飛行士だって、たまげて口もきけなくなるでしょうな！」ブルが勢いよく息を吐いた。「今度は何なんですかい？　どこからこのデフレクターを手に入れたんだ？　カルフェシュから？　だがどうしてあいつは、クイニウを俺たちと一緒にさっさと追いださなかったんです？」

ブルは激しく首を振った。頭蓋骨のなかにできたこんがらがった思考の塊を振り落とそうとするかのように。「正直に言いますがね。俺にはさっぱりわかりませんよ！」

「それに、俺にもわからないな、レジ」ローダンは友に調子を合わせた。「だが、ソフトールがデフレクターをつけていてよかった。意識を取り戻せば話を聞けるだろう。彼女の知識は大きな助けになるかもしれない」そしてトーラに声をかけた。「よろしいですか？」

アルコン人女性は激しく葛藤していた。やがて言った。

「ご存じのように、私はあなたを高く評価するようになっています、ローダン。しかしあなたは手ぬるすぎるのですよ。もっと多くを学ぶべきでしょう……」

トーラは踵《きびす》を返すと岩の向こうに消えた。

ブルは目を細めて彼女の後ろ姿を見送った。

「ひとつ白状しなけりゃなりませんな。俺は、我らがアルコンのお姫様をとことん高く評価するようになりましたよ。それでも、肋骨《ろっこつ》の代わりに骨のプレートがあるってだけじゃなく、心臓の代わりに石が入ってるんじゃないかと思うときもありましてね。感情ってものを知らないんですかね？」

「知っているさ」とローダンは答えた。「だが、人間のじゃなく、アルコン人のだな」

10

カルフェシュ

「何だ？　船。ホムンクが何かに気づいたとでもいうのか？」

カルフェシュは、呼吸用開口部を保護するガーゼ状の生体フィルターが興奮で震えるのを感じた。危機は切り抜けたと思っていたが。

「少しお待ちください」と船は答えた。「小型探査機を放出します」

新たなホロが現れた。カメラが離着陸場を離れて驀進する。探査機はにぎわいが見られたためしのない無人の街の空高くまで上昇し、猛禽のように離着陸場や街に隣接する森へと降下した。

次の瞬間、探査機は植物の屋根を突き破り、ローダンと仲間たちが数時間前に姿を消した森の薄暗がりへ入りこんだ。

「ローダンに何かあったのか？」とカルフェシュは大声で言った。「だがマルチデフレクターは、ホムンクや街のすべてのロボットシステムから確実に彼らを守るはずだ！」

船は答えなかった。

探査機は地面のそばまで来ていた。目の高さで落下を止めると、猛スピードで小川ぞいに上流を目指す。小さな鳥の群れが、探査機を自分たちのリーダーと勘違いして自動制御の飛行体についてきた。驚いたことに、危険なほどのスピードにも遅れを取っていない。

ずんぐりしたヒューマノイドの人影が画面に現れた。石から石へと巧みに跳びうつり、街に向かっている。上半身は裸で、青い肌がむきだしになっていた。

「フェロン人のカクトールだ！」カルフェシュは叫んだ。「だが、おまえはカクトールを探知できているのか、船！　あの男のマルチデフレクターは故障したのか？」

「いいえ」

探査機がスピードを落とし、フェロン人の周囲を回りはじめた。鳥の群れがあとに続く。カクトールが母語で何かを怒鳴り、走りながら鳥に向かって手を振りまわした。フェロン人の動きは速かったが、鳥たちはその手をやすやすとよけた。

「だがありえないだろう、船！　おまえはロボットだ。デフレクターは、カクトールがおまえに探知されないように守るはずだ！」

「カクトールがデフレクターを身につけていなければ、守りません」

「それはもっと考えられないだろう。デフレクターは装着者の肌にしっかりと密着する。

装着者の意志に反して外れることはない」

「意志に反して外れることはありません。しかし、まさにそれが装着者の意志であれば、どうでしょうか」

「カクトールが自分の意志でデフレクターをはぎ取ったというのか？　お笑いぐさだ！　何のために唯一の防御手段を放棄するんだ？」

「それはお答えできません。ただ、カクトールがそうしたのだと証明することはできます。ご覧ください！」

　探査機は移動をやめ、フェロン人の背中の一部をズームアップした。そこに、どす黒くなった、いや、ほぼ黒色の正方形がある――デフレクターと同じ面積を持つ正方形だ。

「自分ではぎ取ったのか！」カルフェシュが明白な事実を口にした。

「そのとおりです」と船が簡潔に言う。

「正気を失ったのだ」

「それはどうでしょうか。私は、カクトールが自分なりの論理に従っていると考えています」

　カルフェシュはしばらくのあいだ、フェロン人が街に向かって一直線に進む様を黙って見ていた。街に行けば、どうあがいてもすぐに発見される。それはカクトールもわかっているはずだ。何があの男を駆り立てている？　カルフェシュはカクトールの目から読み取ろうとした。だができなかった。その目は眼窩の奥に入りこんでいて、そもそも見ることさえできないのだ。

「その奇妙な論理を説明しろ！」カルフェシュは船に言った。

「カクトールは、自分と仲間が追われていることに気づいたはず。そこで……」

「追われるなどありえないだろう！」カルフェシュが船の言葉をさえぎった。

「あなたは先ほどもそう言っていました。しかし、街のロボットは彼らの間接的な痕跡を捉えたのです。カクトールもローダンも、そのほかの者も、デフレクターのおかげで探知されはしませんでした。しかし彼らが移動した跡ならロボットにも追えるわけです。ローダンとその同行者は、森の茂みに数多くの痕跡を残しています。彼らは街に向かうべきでした。そこなら安全だったはずです」

　そうとわかって、諜報者は殴られたような気がした。船の言うとおりだ。彼らに正しい道を示すべき者は、カルフェシュだったはずだ。だが、興奮のために愚かなことしか言えなかった。

「おまえの言わんとしていることが理解できない、船。おまえの推測が正しいとしても、デフレクターをはがしたところで何の意味もないだろう――さらに、その直後に街に戻るなど！」

「カクトールが自分のことだけを考えているのであれば、意味はありません。しかし、彼の仲間にとっては意味があります。彼らの会話の録音を分析しました。カクトールはペリー・ローダンを尊敬しています。話しかけるときには敬語を使っています。ローダンのことを、自分の文化に伝わる、伝説の〝光をもたらす者〟だと考えています。カクトールは、ペリー・ローダンが自由の身でいるためなら、どんなことでもするでしょう」

「おまえは、ローダンをほかの同行者とともに逃がすべく、カクトールが自分を犠牲にするつもりだと考えているのか？」

「それが、集積されたデータの演算処理によって導かれる唯一の結論です」

　今や、フェロン人が森の外に出るまで一〇〇メートルを切っている。カクトールは大きく口を開いた。ぼろ切れのように大きく舌を垂らし、唾液《だえき》を気化させて体を冷やそうとしている。その舌はありえないほど巨大に見えた。大きすぎて、あの男の口腔《こうこう》におさまりそうにはないほどだ。継続的な身体的負荷のためにあれほどふくらんだのだろう、とカルフェシュは結論づけた。

　カクトールの姿には毅然とした充足感があった。その英雄的行為は、ある意味で理解できる。あのフェロン人はカルフェシュと同じ心境なのだ。つまり、ペリー・ローダンは特別な存在に違いないと、信じているのだ。

　だが、カクトールの英雄的行為は確実に失敗に終わるだろう。監視ロボットは、あの男を捕らえしだいホムンクに引き渡すはずだ。そしてホムンクは、フェロン人が口を割るまで追及の手をゆるめないだろう。どのような代償を伴おうとも。

「カクトールはすでに気づかれているのか？」とカルフェシュは尋ねた。

「まだです。探知ロボットは予測に従って森を進むはずです。来た道を戻るという計算はしていません」船は一瞬黙った。そのあいだに新たなデータを分析する。「ホムンクは別のことに気を取られています。イメナーとともに街にいますが、あの二人は、クイニウ・ソプトールとともにワンダラーへ来た、ほかの栄光に値する者を観察しているところです」

カルフェシュは、控えめとはいえ安堵の息をつくことができた。カクトールはまだ見つかっていない。まだ手遅れではないのだ。

「我々はすぐに行動しなければなりません！」と船が促した。「カクトールがホムンクの手に落ちれば、あなたの……あなたの規則に反した行為も、間をおかずに暴かれるでしょう。その帰結は見通せません」

船は慎重に言葉を選んでいる。ホムンクは、カルフェシュの逸脱行為を〝それ〟に報告するはずだ。そうなれば、細胞再生を再び受けられる可能性はほぼなくなる。カルフェシュは、死ぬことだろう。

「カクトールを収容せよ！」とカルフェシュは命じた。

「それはできません。カクトールの現在位置は、直線距離でここから三キロ弱離れています。そのうえデフレクターを装着していませんから、私の行為が気づかれないままで済むとは思えません」

「それでは……それでは私はおしまいではないか！」

「いいえ。我々はおしまいです」と船は断言した。「私はあなたに協力しました、カルフェシュ。ホムンクも〝それ〟も、その事実を見逃さないでしょう」

諜報者ははっと顔を上げた。我々だと？　船は機械にすぎない。死ぬことはないのだ。なぜ死を恐れる？

「しかし、もうひとつ選択肢があります」と船は言った。「高いリスクを伴いますが、この状況では、どのようなリスクも正当化できるでしょう」

「聞かせろ！」

「陽動作戦を行うべきです。船尾のエンジンのひとつが数週間前から能力が安定せず、大いに努力したのですが、まだ原因がわかっていません。不安定な状態は私の航行データに記録されています」

「その故障した船尾のエンジンが、この状況と何の関係がある？」

「そうですね、我々はワンダラーに着陸したわけですから、点検のため、エンジンを試験的に作動させるちょうどいい機会だった、ということにはなりませんか？」

フェロン人の顔は過熱で青黒くなっていた。それでもカクトールは走るスピードを上げている。街はもうすぐだと感じているのだろう。

「何が言いたい？　船」

「エンジンの試運転は重大な事故を引き起こします。エンジンが爆発するのです。噴出されたエネルギーが、周囲数キロにわたってほかのあらゆるエネルギー活動を隠蔽《いんぺい》します」

「おまえは、私のために自分を傷つけようというのか？」

「我々のためです。ほかに選択肢はありません。我々はすでに一線を越えてしまいました。後戻りはできません」

　カルフェシュの思考が猛スピードで回転した。自分は〝それ〟の諜報者だ。〝それ〟の諜報者には、それぞれに一隻の船が与えられる。船は諜報者の指示に従わなければならない。そして船は、長年にわたる孤独を意味することの多い任務において、唯一の道連れとなる。諜報者には船に損害を与えぬ責任があった。自爆させるなど論外なのだ。

「だめだ！」とカルフェシュは叫んだ。「そんなことは許可できない！」

「私は、そうしなければなりません」

「禁ずる。そのような……」

　激しい爆発音がその言葉をさえぎった。足もとの床が垂直に立ちあがる。カルフェシュは壁に投げだされ、激突する寸前にエネルギーフィールドに捕らえられた。さらに、いくらか弱い爆発が短い間隔をおいて船を揺らす。

「試運転は失敗しました。カクトールを収容します」

船はいつものように事務的に言った。勘違いだろうか、秘められたニュアンスを感じた気がしたのは？

船がカルフェシュに決定を通知するやいなや、フェロン人が立ち止まった。ガラスの壁にぶつかったかのように。カクトールは音のない叫びをあげ——探査機は音声データを中継しない——回れ右をすると別の方向に走ろうとした。だが即座に新たな見えない壁が道をふさぐ。手ほどの大きさの影が突進し、フェロン人の背中にぶつかった。五、六台の小型探査機が運んだ新しいマルチデフレクターだ。何かが触れたことに気づいて、普段は眼窩に沈んで見えないカクトールの目が飛びだした。

デフレクターが肌にしっかりと密着した。

カクトールは、牽引光線の目に見えぬ手によって高みへ引きあげられた。探査機の群れがフェロン人のそばを離れずついてくる。鳥の群れは森に残った。決して森を離れない鳥なのだ。

数秒後、両手をめちゃくちゃに振りまわすカクトールが船に着き、エアロックを通って格納庫まで運ばれた。隔壁が背後で閉まると、フェロン人は牽引光線から解放され、すすり泣きながら床にくずおれた。

「カクトールを確保しました」船が明白な事実を告げた。

「ホムンクは何か気がついたか？」

「私に判断できるかぎりでは、気づいていません」と船は応じた。「爆発によるエネルギーの噴出は、牽引光線の痕跡をじゅうぶんに隠蔽しました。したがって、事故への対応以外の目的で使用されたことは、探知できないはずです。そのうえマルチデフレクターは、ホムンクやほかのロボットがカクトールを察知する前に貼付されました」

「つまり、我々はやったのか？」

「はい。その可能性は非常に高いでしょう。ホムンクが我々の知らない別の探知方法を手にしていれば、話は変わってきます。しかしそれは除外できる、そうではありませんか？」

「ああ、そうだ。ホムンクは機械にすぎない」

11

ペリー・ローダン

彼らは一列縦隊で森を進んだ。海を目指して。

レジナルド・ブルが先頭だった。長い棒を見つけて、なたのように振りまわしながら道を切りひらいていた。ヒュッという音とともに左右へ揺れる棒にぶつからないように、三歩距離をおいてローダンが続く。ローダンの後ろはスーとラス・ツバイだ。二人で両わきからクイニウ・ソプトールを支えている。アルコン人の血を半分引く者は、ほとんど目を閉じ、つま先立ちで歩いていた。ガラスの上を歩くかのように。いや、この世界にはできるだけ触れたくないと思っているかのように。

しんがりはトーラだった。アルコン人女性は何度も振り返り、数歩戻っては、薄暗い森に目をやっていた。

トーラは、怖いのだ。

ローダンはその気持ちがよくわかった。自分も同じだったから。仲間のカクトールが消えた——この森で。何があったのだろう。捕食動物の餌食《えじき》になった？　脚の骨を折り、なすすべもなく森のどこかで横たわっている？　目に見えぬ追っ手にかぎつけられた？

　そして、クイニウ・ソプトールは？　あまりにもひどい状態だった。見るだけで胸が痛む。何をされたのだろう。そして、誰に？

　ローダンは身を硬くした。ボキッという音がしたのだ。振り返って森をすかし見たが、何もなかった。少なくともそう思った。だがそれなら、あの音はどこから聞こえた？

　この森は気味が悪い。この感覚は身に覚えがあった。子どもの頃、カール伯父さんに連れられて、ニューヨーク州北東部、アディロンダック山脈を縦走したことがある。六日六晩大自然のなかにいた。一歩歩くごとに膝が折れるのではないか、八歳の少年にはそう思えるほど重たいリュックサックを背負って。だが、膝は折れなかったし、どんな人間でも、不可能だと思えることを可能にできるのだと、伯父さんは教えてくれた。少し信じるだけでいい、と。

　そして伯父さんは、怖がることはないと教えてくれた。両親より伯父さんのほうが好きなほどだったローダンは、カールを信じた。昼間は、日が照っているあいだは、怖がらずにいるのは難しくなかった。だが恐怖は、日暮れとともに八歳の少年へ指を伸ばし、暗闇のなかでがっちりと捉えたのだった。

少年ペリー・ローダンは、目を閉じることができなかった。昼のあいだ静寂によって圧倒してきた森は、夜になると幽霊じみた危険な生き物と化して目を覚ますかのようだった。ボキッと音がし、石は転がり、動物は叫びをあげる。そして今この瞬間にも、熊の前足がテントのシートを突き破るに違いなかった。八歳の少年がリュックサックから出し忘れた歯磨き粉のにおいに誘われて、熊がやってくるのだ。

熊の前足は現れなかった。毎晩毎晩。恐怖はまたやってきた。毎晩毎晩。

今、本来は楽園であるらしき奇妙な森で、アディロンダック山脈の大自然からはるか遠いこの場所で、恐怖が再びペリー・ローダンに手を伸ばしていた。

恐怖を吹きこんでくるこの森には、捕食動物やロボットの追っ手がうようよしていた。ローダンを待ち伏せ、今にも襲いかかろうとしている。

仲間たちもそう感じていた。息を殺してあえいでいる。誰もがほとんど黙っていたが、口を開いたとしても、ごく小さなささやき声だ——それでもローダンには耐えられぬほどうるさく感じられた。

数分が過ぎた。茂みはさらに密になり、前進するのが難しくなっていく。ブルの息切れの音が大きくなって、茂みを払うリズムも乱れてきた。そのとき、何の前触れもなく肩幅の広い友が立ち止まり、踵を返すと、平手で汗だくの額を打ち、大声で言った。

「くそっ、俺たちはなんて馬鹿なんだ！」

それは叫び声に近かった。耐えられないほどうるさい。

「ブル、自制してください！」トーラがたしなめた。「我々は追われているのですよ！」

「いやそれでも！　俺たちは叫んでいいんですよ。好きなだけ。それから歌って踊ったってかまわないんだ。どうってことありませんぜ」

「喉が渇いて思考力が鈍ったのです。小川で水を飲むべきだと言ったでしょう！」

「水！　いいキーワードですな！」ブルは嬉しそうに言った。アルコン人女性が考えをまとめる手助けをしてくれたと喜んでいるかのように。「俺たちは、水のなかの見えない奴みたいなもんなんだ！」

「何の話をしているのですか？」

「俺たちのことですよ！　俺たちは、このニコチンパッチのおかげで見えなくなってる」そう言って、ブルはマルチデフレクターが貼りついている腰を叩いた。「だが、まわりの様子で俺たちがいるってわかっちまうんだ。昔のできの悪い映画みたいなもんですよ。主人公は見えないんだが、水に入ると輪郭が浮かびあがる——それでカムフラージュもおしまいってわけだ！」

　トーラはブルを冷ややかな目で見た。

「ご指摘させていただけるなら、我々は汗でずぶぬれですけれど、水中にいるわけではありませんわ」

「だが森のなかにいる！　俺たちはここに跡を残してるんだ！」ブルは、藪に小径《こみち》を切りひらいてきた棒を上げた。「だからあとを追えたってわけだ！　森をいくってのが馬鹿だったんですよ。俺たちの本能も、森で身を隠すように言ったんですがね。俺たちの祖先が猛獣から逃げようとして、サバンナから森に駆けこんだのとおんなじだ。だが俺たちにはデフレクターがある。これは本気で信じていいんですよ。本能に反していても！」

「ブル、あなたは……」トーラが反撃しようとしたが、ローダンが手を上げた。驚いたことに彼女は黙った。

「おまえが言いたいのは」とローダンは友に言った。「いちばんいい隠れ家はこの薄暗い森じゃなく、日の当たる明るい場所ってことか？　あの輝く街か？」

「そのとおりですぜ。あそこなら、俺たちは跡を残さない」ブルはにやりとした。「あんたは俺を知ってるでしょう、ペリー。大都会の明かりは、魔法みたいに俺をひきつけるんだ」

「ああ、よく知ってるさ」ローダンは笑みを返し、友に目くばせをした。「街に向かう！」

　ブルは勢いよく棒で茂みをかきわけはじめた。左へ、近くの街へ向かって。

一時間もしないうちに、レジナルド・ブルは一番手として、守ってくれると錯覚していた森から飛びだした。

トーラがそれに続く。

ブルとアルコン人女性は、街の端に並ぶ家のあいだを歩いた。現実とは思えない、銀線細工のような建物だった。遠目にはシャボン玉を思わせる。ありえない形をしているのに――指先でつつくとパチンと割れてしまいそうなのだ。

ブルとトーラは立ち止まり、待った。

ラスは、ローダンの横で短距離走のスタートの姿勢をとっていた。手のひらを地面について上半身を支え、右足の裏を木の幹に押しつけて、全力で蹴られるように身構えている。テレポーターは、ブルの大胆な予想が希望的観測にすぎなかったと判明した瞬間に、二人のもとへ全力疾走し、一緒にテレポートすることになっていた。

だが何も起こらない。ローダンは自分の鼓動を数えた。二〇〇まで数えると――興奮で速まっていたので一分ほどだろう――仲間に合図をした。

ラスが立ちあがり、スーとともにクイニウ・ソプトールを支えた。ローダンも一緒に身を隠していた場所から出ていった。

ブルが手招きをする。

「ほらこっちだ！　はじめの一分は変な感じだが、過ぎてしまえばどうってことない」

彼らは海岸に向かう道を進んだ。ブルが先頭を引き受け、ローダンはそれに続いた。ここはどんな街だ？　無人だったが、間違いなく放棄はされていない。道も家も完璧だった。輝かしい完璧さで、日光が思わぬ角度で当たると目がくらんだ。

この街は、待っている。

だが、誰を？　この街は、この惑星全体と同じく〝それ〟のものだ。〝それ〟というのは、この街で暮らす住民の総称にすぎないのだろうか。もしそうなら、なぜ住民は自分の街に住んでいない？　どこへ行った？

「止まれ！」とブルが叫び、斜め前を指した。ローダンは伸ばされた腕が指しているほうに目をやった。二台のロボットがこちらへ来ている。

ローダンは、立ったままでいるよう自分に強いた。ロボット。カルフェシュから渡されたデフレクターが機能するのか、見つかってしまうのか。ロボットはとっくに自分たちを察知しているはずだ。

じりじりするほどゆっくりとロボットは近づいてきた。二台とも犬ほどの大きさで、六本の脚で前進している。あぜんとするほどしなやかな動きだった。ロボットは逃亡者たちのそばに来て——何のためらいもなく通りすぎていった。

「ビンゴ！」

ロボットが角を曲がるやいなや、ブルが叫んだ。

さらに前進を続ける。その後ロボットは現れなかった。一五分ほどすると潮のにおいがした。さらに一五分進むと、海が見えた。

輝く家々は入江にそって並んでいる。丘を深く切り取ったような入江だ。埠頭《ふとう》に並んだ小型の船が、穏やかな波の上でけだるそうに揺れていた。双胴船だが、マストはない。

どうすべきか決められずに、彼らは立ちつくした。目的は明確だった。ワンダラーにあるはずの、切断された平面の縁まで行ける船が必要なのだ。だが、どれを選べばいい？

「これです！」トーラがある双胴船を指した。周囲のものに比べて、ふたつの船体の幅が広い。「これは、ほかの船より喫水が深くなっています！」

彼らは船の隅から隅まで確認した。船体内には船室もあった。何もない部屋だったが、スーがあおむけに横たわろうとすると、虚空からほのかに光るベッドが現れて彼女を支えた。別の船室では、ラスが両腕を伸ばして「喉が渇いた！　腹が減った！」と言うと、水と粥《かゆ》が手に入った。

水は爽快なほど冷たかった。だが粥はといえば、何年経ってもなじめない宇宙食を心ならずも思い出すような代物だった。

ローダンは甲板に戻った。トーラがふたつの船体をつなぐプラットフォームに立っている。彼女は街を見ていた。

「クレストはどうなったのだろう、と考えているのです」ローダンに気がつくと、トーラは小声で言った。「クレストは永遠の命の世界に行きたがっていました。たどり着けたのでしょうか？　もしかしたら、このワンダラーにいるのでしょうか。それともとっくに死んでしまったのか。この常軌を逸した試練の一部であるどこかの惑星で、癌に食いつくされて？」

彼女の目に涙が浮かんだ。

「クレストはまだ生きている、そう確信していますよ、トーラ」と、ローダンは慰めようとして言った。

「あなたのように確信できればいいのですが」

ローダンは言葉を探したが、トーラは背を向けてしまった。彼女はプラットフォームの真ん中へ行き、右足を強く踏み鳴らした。隠しスイッチを押したかのように舵《かじ》が現れる。ワンダラーのほかのテクノロジーの産物と同じく、きらめいていて透明だが、現実だった。

「なぜわかったのですか？」とローダンは尋ねた。

「推測しました。ワンダラーのテクノロジーに共通する分母は、状況に応じて変化することです。ここのテクノロジーは、必要とされなければつつましく背後に下がっていて——必要なときに現れるのです」

トーラは難なく船を操縦し、港の外へ出した。エンジンはほぼ音もなく動いている。小さなモーター音だけが聞こえたが、すぐに風や波の音にかき消された。トーラがエネルギー流量を増やすと、双胴船が反動をつけて加速する。数秒も経たぬうちに、船体が波頭にほんの少し触れるほどまでスピードが上がった。

速度は推測するしかなかったが、時速一〇〇キロをはるかに超えているだろう。この世界の末端を目指す航海は、数時間もかからないはず——邪魔が入らなければ。

「船の扱いに慣れているかのような操縦ぶりですね」

岸が猛スピードで後方に小さくなると、ローダンは言った。ワンダラーは地球に比べてずいぶん小さいようだ。水平線が見慣れたものよりずっと近くに見える。

「多少慣れていることについては、否定できませんね」トーラの態度から、さっきのけわしさが消えていた。「穏やかな日には、クレストと二人でアルコンの海を行く長い航海に出かけたものです」

「アルコンは美しい世界に違いありませんね」とローダンは言った。

「美しいのです。もしかしたら……そうですね、いつかあなたも、自分の目で見ることになるかもしれません」

「心からそう願っています」

トーラは操縦モジュールを呼びだすと、コースを修正した。

「どうぞ休んできてください」と彼女はローダンに言った。「ここは私一人でできますから」

「それについては、まったく疑っていませんよ」と言って、ローダンは立ち去ろうとした。トーラが引きとめる。

「もうひとつ……。下でブルを見かけたら、私からの伝言を伝えておいてもらえますか？」

「もちろんです」

「こう伝えてください。地球で、ある言い回しを覚えたと。それが本当に気に入ったのです」トーラはためらったが、気を取りなおして言った。「あなたの親友にぴったりだと思うのですよ。ブルは、海千山千です」

ローダンは甲板の下へ向かった。急な階段を降りきって立ち止まる。

船室の真ん中でスーとクイニウ・ソプトールが浮いていた。少なくともそう見える。見えないベッドのひとつが二人の女性を支えているのだ。アルコン人の血を半分引く者は、横向きで、こちらに背を向けて寝ていた。シャツがずり上がり、背中が見えている。背中はすじ状の傷痕で覆われていた。さんざんに鞭《むち》打たれ、傷の手当てもされずに放置されたかのようだ。

スーはあぐらをかいて、片手をソプトールの腰に乗せていた。それは、ふつりと切れていた腕の先から最近になって生えた左手だった。

一六歳のスーは、一二歳ほどに見られがちだ。静かに何かをつぶやいている。顔は蠟《ろう》のようで、目の下には黒いくまができていた。

その光景は、太古の儀式のようにも、悪魔払いのようにも見える。

だが、そんな印象は間違いなのだ。スーはヒーラーとも呼ばれていたが、アラスのフルカーが——この医師のおかげでスーの左手が現れたのである——適切な名称を考案した。メタバイオ変換能力者。スーは自らの超能力を使うことで、細胞を見て、編成しなおし、操作することができる。ローダンがクレストを探す旅にこの少女を連れてきたのは、老アルコン人を内側から食いつくそうとしていた治療法のない癌を、スーなら治せるかもしれないと期待してのことだった。

クレストたちの手がかりは見つからない。だが、スーはクイニウ・ソプトールを救えるのでは？

スーがローダンに気づいて目を上げた。

「邪魔だったかな？」とローダンは尋ねた。

「その反対」とスーは答えた。ソプトールにあてていないほうの手で手招きをする。

ローダンは、ベッドのあいているところに慎重に腰かけた。見えないままだが、エネルギーフィールドであれどのようなメカニズムであれ、よく調整されたマットレスのような感触だ。硬すぎもせず、柔らかすぎもしない。

「クイニウの具合は？」

　きくまでもなかった。アルコン人の血を半分引く者は、胎児のように体を丸めている。ローダンは、目の前のクイニウ・ソプトールほど惨めで傷ついた者をこれまで見たことがなかった。

「ボロボ……ええと、とんでもない、って、ブルなら言うでしょうね」スーはあきらめたように首を振った。「いくらがんばっても私の能力に反応しないの。なぜってきかないでね。私にもさっぱりわからない」

「クイニウは沢山のことを耐え抜いてきたんだろう」とローダンは言った。そばで見ると、ソプトールの傷痕はさらに心をかき乱されるものだった。思ったよりも深く肉に食いこんでいる。

「そうだと思う」スーは額の玉の汗をぬぐった。「それが何なのかすごく知りたいっていう私もいるんだけど、そんなことは絶対に知りたくないっていう私もいるの」汗が少し目に入ってしみたのだろう。スーは目を細めた。「ペリー、私たちはどんな世界にやってきたの？　ワンダラーには不死があるっていうけど。ここは天国で、パラダイスで、崇高で平和な場所のはずなのに。どうしてこんなことが起きるの？」

　スーはローダンの考えを口にしていた。だがスーにそんなことは言わなかった。言えば彼女から希望を奪ってしまうだろう。自分たちに耐える力を与えているのはただひとつ、希望だけなのだ。希望がなければすべてをあきらめ——もしかしたら、クイニウ・ソプトールのようになってしまうかもしれない。

「何があったのか、我々にはわからないんだよ」ローダンは自分の思いを口にした。「この傷は、すっかりふさがって傷痕になっている。ワンダラーに来る途中で受けた傷なのかもしれない。早まった結論を出さないように、気をつけなければならないと思うんだ」

「私は、私が見ているものを見るの。私が感じることを感じるの」

「それをどうこう言っているんじゃないよ。でもきみは疲れているんだ、スー。休んだほうがいい！　私がクイニウのそばにいて、見守っているから」

スーはためらって、痛々しい女性に目をやると、再びローダンを見た。

「わからない。もっと……」

「きみが言ったんだよ、クイニウはきみの能力に反応しないって」

「そうだけど……やめてしまったら、何が起こるかわからない」

ローダンは考えこんだ。

「それならここにいるといい！　この船室は、きみのためにベッドをもうひとつ用意してくれるだろう」

「わかった」

スーはぎこちなく立ちあがった。ソプトールから手を離すには、力をふりしぼる必要があるかのように。

　ローダンは身を屈めてささやいた。

「怖がらなくていい、クイニウ！　私は味方だ」と言って、慎重に彼女の腰に手を置いた。だがそれは、アルコン人の血を半分引く者には電撃となったのかもしれない。クイニウ・ソプトールが飛び起き、スーを突き飛ばした。少女は悲鳴をあげ、あまりの力に壁に叩きつけられた。ソプトールの頭が勢いよく振り返り、銀色の虹彩を持つ目が刺すようにローダンを見すえる。

「ペリー・ローダン！」と言葉をしぼり出した。「私は……エルンスト・エラート……頼まれて、あなたに……」

　瞳孔が縮んで虹彩が広がり、銀色の円盤となった。目の光が消え、体からいきなり力が抜ける。

　クイニウ・ソプトールは再びベッドに倒れ、動かなくなった。

　クイニウ・ソプトールはまだ意識を取り戻さない。ローダンとスーは彼女のそばで、さっき何が起きたのだろうと話しあった。本当に、「エルンスト・エラート」と言ったのだろうか？

　エルンスト・エラート。その体は説明のつかない冬眠状態にあり、テラニア地下の聖所に横たえられている。だが精神は時空を超えて旅をしていた。クイニウ・ソプトールがエラートに会ったというのは、ありえない話ではない――だがとても信じられなかった。宇宙は途方もなく広い。二人の道が偶然交差する可能性は、ゼロに近いだろう。

　その名前を聞いたと錯覚しただけだろうか？　スーは違うと言った。彼女も聞いたと。だが、それからの数時間、痛めつけられたソプトールを二人で見守り、考えをめぐらせているあいだに、確信は薄れていった。

　やがてレジナルド・ブルの大声が聞こえて、ローダンはほっとした。

「全員デッキへ！　着いたぞ！」

　ローダンとスーは、ソプトールが楽な姿勢で横たわっていることをたしかめてから上へ急いだ。ほかの仲間はすでに双胴船の船体をつなぐプラットフォームへ集まっている。ブルは真ん中に立ち、操縦モジュールに囲まれていた。トーラが操縦を任せたのだろう――これは、アルコン人女性とローダンの親友が、火と水ほど違うにもかかわらず、互いをとことん高く評価しあうようになった事実の、さらなる証拠だった。

「お集まりの皆様、発表させてもらってもかまいませんかね？　これが、世界の終わりですぜ！」ブルは芝居じみたお辞儀をして続けた。「今にも世界の縁を越えて無に帰すところだ、なんて陳腐な冗談はよしたほうがいいな。オーケイ？」

　ローダンは友が指したほうに目をやった。海は凪《な》いでいる。不自然なほど穏やかだ。そして、二〇〇メートルほど先のまっすぐな縁で突然終わっていた。まるで巨大な水槽のなかにいて、内側からガラスの壁を見ているかのようだ。よごれひとつないために、透明に見えるガラスの壁だ。

「思ったとおり。エネルギーのシールドです」トーラが目を細めた。「圧倒されたと、認めるしかありませんね。私はアルコン人ですから、発想はすぐに理解できます。それでも正直に言って、これを実現するためにどれほどのエネルギー消費と技術的知識が必要になるのかを考えると、めまいがしますわ」そう言ってローダンに向きなおった。「あなたのヴィジョンは正確だったようですね。世界の終わりは存在しました。ワンダラーは実際に半球に違いありません」

「当然の結論でしょうね」とローダンは応じた。その光景に圧倒され——落胆してもいた。世界の終わりにたどり着いた。だがここまで来たところで、何も達成できてはいないのだ。

「あのエネルギーシールドに不安定なところは見当たらないな」とローダンは皆に言った。

「ワンダラーの向こう側に行きたければ、向こうとこっちをつなぐ場所を探す必要がある。何らかの形の抜け道だ。ヒントに気づいた者はいないか？」

　仲間たちは次々に否定した。見わたすかぎり穏やかな海が広がっている。

「だから何だっていうんですかい？」ブルは投げだすような仕草をした。「まだわからんでしょう。ここに来てから五分も経っちゃいないんだ。目の前にあるのは世界の終わりの切れっ端だ。この縁はここから何千キロも広がってるんですぜ」

　ブルは舵を握った。双胴船は瞬時に反応し、旋回すると前進を始めた。海の縁と平行に針路を取りなおす。

　だが双胴船が新たなコースに入りきらないうちに、突如として目の前の海が白く染まった。沸騰したかのごとく、猛烈なしぶきが上がる。

「ＮＡＳＡのありったけのスタッフにかけて！　いったい何が起きてるんだ？」

　ブルは逆方向に推力をかけ、旋回しようとした。

　だが手遅れだった。しぶきが爆発し、壁となって双胴船に突進してきたのだ。

「くそったれが！」さらにブルが吼えたとき、海水の壁が船を呑みこんだ。

12

タチアナ・ミハロヴナ

タチアナとクレストとトルケル＝ホンは、何のさまたげもなく部屋の外へ出ることができた。

彼らは道で立ち止まった。街の家々は輝き、きらめいて、触れようとすればはじけ飛ぶ幻のようだ。

だが、タチアナはそれを意識の隅で捉えただけだった。カクトールの思考に集中する。その思考を解釈するのは難しかった。フェロン人は緊張していて、思考は猛スピードで回転し、あまりの慌ただしさに、理解できるのはわずかな言葉だけ。まとまった考えを読み取るなど無理な話だった。タチアナはカクトールの感情に圧倒された。フェロン人は恐れていて、我が家を、残してきた二人の妻と、大勢の子どもたちを恋い焦がれていた。だが別の感情もある。恐怖を凌駕《りょうが》し、彼を駆り立てているもの。決意だ。

峻烈《しゅんれつ》なまでの決意。自分は正義の側にあると確信している者の――そして、そのためなら最大級の犠牲を捧げる用意がある者の、決意。

「タチアナ、どこに向かえばいいのでしょうか？」

クレストの声が聞こえた。だがその声は現実とは思えず、遠くから響いてくるかのようだ。

「この道にそって……行けばいいと思います」と彼女は言って西を指した。

「失礼してもよろしいですかな？」と尋ねて、トルケル＝ホンが横に来た。支えようとして、鉤爪のある手で彼女の手を取る。タチアナは感謝してそれを受け入れた。トプシダーの指は骨だけでできているかのように硬かった。鱗はしなやかで滑らかだが、深い溝が鱗を隔てている。

三人は歩きはじめた。

「ローダンもここにいるのでしょうか？」歩きながらクレストが尋ねた。「間違いありませんか？」

「はい」

「ほかには誰が？　トーラはローダンと一緒ですか？」

トーラはクレストの養女だ。老アルコン人にとって、自分の命より大切なほどの存在だった。

タチアナはカクトールの内面に耳をすました。トーラ……その名前は見当たらない。だが、失われた仲間をめぐる悲しみの気配はなかった。

「トーラがローダンと一緒かどうかはわかりません。でも生きています。ほかの人たちと同じように。レジナルド・ブル、ラス・ツバイ、スー・ミラフィオーレ。フェロン人のロソシェルだけは、彼らと別れています。カクトールは理由を知らないのですが、それで苦しんでいるわけではないようです」

「トーラは生きている！　それは……それはよかった」

クレストは言葉を失うほど深く安堵していた。彼を、クレストを救うべく、ローダンが数人の仲間とともに旅立った。フェロルで、フェロン人を統《す》べる初代トルトからそう聞かされてからというもの、老アルコン人は自責と不安にさいなまれていたのである。

「彼らはどうやってワンダラーに来たのでしょうな？」とトルケル＝ホンが尋ねた。

「はっきりしたことは言えないのですが」とタチアナが応じた。「転送機を通ってきたのではありません。私にわかる範囲では」

「なぜホムンクは、彼らがいることを我々に話さなかったのでしょうな？」トプシダーはいぶかった。「ローダンとその仲間たちはワンダラーにたどり着いた。その事実だけでも、彼らを栄光に値する者に、不死にふさわしい存在にするはずだ。なぜ我々に黙っていたのでしょうか」

「ホムンクなりの理由があったのだと思いますわ。クイニウ・ソプトールのことを思い出してください。ここは何かがおかしいんです」

「あなたは疑いすぎていますよ」クレストが口をはさんだ。「ホムンクは、彼らがいることを知らないのかもしれません」

「ホムンクが、この奇妙な世界の主である〝それ〟の第一の従者が、ですか？　悪く思わないでほしいのですが、クレスト、そんなことは想像もつきませんわ」

クレストは反論しなかった。だがタチアナは見抜いていた。今もなお、老アルコン人はホムンクの挙動がおかしいことを認めようとしていないのだ。女性テレパスは、再びカクトールの思考に集中した。フェロン人は走っていた。街にいるのではない。日光が差す場所ではない。周囲は薄暗かった。藪だ。タチアナは森に覆われた、街を囲む丘に目をやった。そう、あそこだ。

「右へ！」彼女は同伴者たちに伝えた。「カクトールは森にいます」

三人で歩を速めた。鼓動がはね上がり、頭蓋骨に響く鼓動ひとつひとつが痛いほどだ。タチアナは痛みを無視して、カクトールが感じていることに没頭する。

……森。川床。石から石へ跳ぶ。あれは、虫だ！　いや、小さな鳥か？　まわりを飛んでいる。追い払おうとしても群れでしつこくついてくる。あきらめて走りつづける。もっと急がなければ。陽動作戦。ほかの者は……そこに影。こちらへ向かってくる。腰に何かがぶつかった！　自分は……。

　カクトールが悲鳴をあげた。その声が突然途切れる。残響だけが響く。残響は、あっという間に遠ざかり、急速に消えてしまった。

　タチアナはいきなり立ち止まった。ずきずきする額を両手で押さえる。

　少し離れた場所から爆発の轟音《ごうおん》が聞こえた。黒い煙が街の端の離着陸場のほうであがっている。

「タチアナ、何でしょうか？」クレストが彼女の腕を取り、強く握った。

「あれは……あの人は消えてしまいました。カクトールが。カクトールの思考が」

「死んでしまったのですか？」

「いいえ。いいえ！　でも……説明できません」タチアナは額をこすった。その指が肌に深い溝を刻む。痛みを追い払うために。「何が起きたのかわかりません。でも最後にいた場所はわかります。離着陸場ですわ！」

「さっきの爆発はどこで起きたのでしょう？」とクレストが尋ねた。「カクトールが関わっているのですか？」

「ノー……でもあり、イエスでもあります。私には……詳しいことはわかりません。わかっているのはただ、カクトールの痕跡がそこに続いているということだけです」

　ならば向かう先はひとつしかない。さらに進んだ。タチアナは体力を失い、ますますトルケル＝ホンの手を頼らなければならなかった。

ついに家々が並ぶ地区をあとにした。離着陸場が見わたせる。そこには宇宙船が一隻だけ。長さ数百メートルの、コバルトブルーのシリンダー船だ。船尾で黒くすすけた不規則な穴がぱっくりと口をあけていた。そこからワンダラーの完璧な空へ向かって、もうもうたる煙が上がっている。さまざまな大きさの数十台のロボットが船体に群がり、穴に押し寄せていた。

「エンジンのうちの一基が爆発したに違いありませんね」とクレストが言って、立ち止まった。

「どうやらそのようですな」とトルケル＝ホンが同意した。「そして、その事実があなたを震撼させているようだ」

「はい。あの船は、あのシリンダー船は……あの不死を与えた者の船に違いありません。イザハのことを覚えていますか？　フェロルにいた、盲《めし》いた老人のことを？」

「あの男は死ぬことができなかった」とトルケル＝ホンは言った。「二〇〇世代ものあいだ生きていた。その理由というのが、巨大なシリンダーから降りてきたヒューマノイドが、貧しい牧人に同情して永遠の命を贈ったためでしたな」

「少なくとも、イザハはそう言い張っていました。もしかしたらあの老人は、あの話をでっちあげただけなのかもしれませんが」とクレストが応じる。

「そうかもしれませんね」タチアナがトルケル＝ホンの手を放した。新たな力がわいてきたのだ。「もうすぐわかりますわ。あの船に行きましょう！」

「しかし、なぜですかな？　我々はカクトールを探しているのですぞ！」

「だからこそです」

タチアナ・ミハロヴナは、燃えるシリンダー船へ向かった。

13

ペリー・ローダン

ペリー・ローダンは目を覚ました。

もはや海上ではなかった。双胴船の上でもなく、水の怒りにさらされてもいない。潮のにおいがした。排泄《はいせつ》物の刺すようなにおいもまじっている。夕暮れの光が部屋を満たしていた。ローダンは仰向《あおむ》けに横たわり、手が届きそうなほど低い天井を見ていた。枝と葉と粘土で仕上げられている。

「違う。死んでないし、生まれ変わってもいない」と、甲高い声が言った。英語を話している。「頭がよかったっていうより、運がよかっただけ！」

ローダンは話し手のほうを向こうとしたが、刺すような痛みが背中に走ってできなかった。

「ゆっくりね！」と声が言った。「水は柔らかいけど、怒るとすごく、すごく痛くするから」

手がローダンの胸に置かれた。優しく、だが決然と。

その手は動物の前足だった。水かきがある前足だ。ローダンは一瞬、その奇妙な前足をしげしげと見た。それから視線を前足の上に移した。腕は短いが、がっしりとしている。密でつやのある毛皮で覆われていた。ビーバーかカワウソのようだ。腕は、同じように毛が生えた体につながっていて、ネズミとビーバーがまじったような姿をしている。

「あなたたちは、頭がいいっていうより運がよかった」その生き物はぴいぴい声で言った。

「あの壁のあんなに近くまで行って、無事で済んだことってないんだから！」

顔の印象を決めているのは、大きくて明るい目だ。一本だけの長い齧歯《げっし》類《るい》の歯が口から飛びだしている。完璧な白さで、夕暮れの光のなかでも内側から光っているように見えた。

「きみは……イルトか！」思わずローダンは言った。

「イルトの女丈夫ってところね」と毛皮をまとった者は訂正した。「私はキトライ。そしてあなたは人間で、名前はペリー・ローダン」

「どうして知っているんだ？」とローダンは尋ねた。だいたいの察しはついていたが。これまでに会ったことのあるイルトは一人だけ、つまりグッキーだけだ。グッキーは比類のない超能力者である。弱いものであれ、別のイルトが似た能力を持つのは当然ではないだろうか。

「私はあなたの考えを読んだ。だからあなたの言葉も話せる」キトライはローダンの胸から手を離した。「大変だから何時間も話すのは無理だけど、話したかったらほかにはどうしようもないから。あなたに注入されてる通訳機は、私たちの言葉を知らない」

ローダンは深く息を吸ってリラックスした。イルト。いや、イルトの女丈夫か。今、自分は安全なところにいる、そう感じた。ただ……気を失う直前のことを思い出した。レジの絶叫を。

「私の仲間たちはどうなった？」と尋ねた。「それに、ここはどこなんだ？」

「心配しないで。みんな助けた。私たちは中途半端なことはしない。そんなことはできないから」キトライは、驚くほどグッキーに似た仕草で一本牙を光らせた。「でも、全員を同じ場所に寝かせることはできなくて。わかるでしょ。あなたたちは大きすぎるから」

ローダンは慎重に上体を起こした。頭と天井の隙間は手の幅ほどしかない。覚悟していた刺すような痛みは現れなかった。周囲を見る。この部屋は――いや、「巣」と言ったほうがよさそうだ――ローダンが体を伸ばして横たわり、キトライがそばにうずくまれるだけの広さしかなかった。

「でも今言ったとおり、私たちはあなたたち全員を海から釣りあげた。釣りはうまいんだから！」そう言ってまた一本牙を光らせた。「おまけに、絶対にワンダラーに戻ってはいけなかった女までつかまえた！」

「誰のことを言っているんだい？」だがそう言い終わらないうちから、わかったような気がした。「クイニウ・ソプトールのことか？」

「名前を聞いたことはないんだけど。心を読もうと思っても、彼女の心には入れないし。頭に、髪の毛の代わりに羽根を生やしてる人」

「それはクイニウだ！　彼女がどうしたんだ？」

「前に一度来たことがある。もうここに来てはいけないことになっていた」

「なぜだ？　何をしたんだ？」

「それは、私には答えられない。ただ私に言えるのは、〝それ〟に呼ばれていない人は、ワンダラーに来てはいけないってこと。それから、不死を与えられなかった人に、二度目のチャンスはないってこと」

　呼ばれていない者は……。自分たちは密航者としてワンダラーにやってきた。だがそのいっぽうで、諜報者カルフェシュは、そうと知りながら見逃したのだ。そのうえ、〝それ〟は自分にヴィジョンを見せ、ここへ呼んだ。違うのか？　〝それ〟は、自分と仲間たちをどうするのだろう。どのような罰が与えられるのだろうか。

　ローダンはそのような考えを追い払った。恐怖に屈してはならない。自分たちは、ワンダラーに、永遠の命の世界にいる。そして、〝それ〟の前に進みでなければならない。そのあとで何が起ころうとも。そうしなければ、自分たちの旅は無駄になってしまうだろう。

「きみは、私のふたつ目の質問に答えてくれていないな。ここはどこだ？」

「あなたは頭がいい。気に入った」キトライは目くばせをした。「ここは私の家族の巣。安全なところ。陸からはずっと離れてる」

「どういうことなんだ？」

「陸に行くと、機械が私たちを殺す。でも島にいれば邪魔はされない」

「それなら、きみたちはワンダラーの住民じゃないのか？」

キトライは大きなピーピーという音を発した。笑い声なのだろう。

「もちろん住民よ！　私たちは降参なんかしない！　でもあなたが言いたいのは、そういうことじゃないでしょ？　あなたが知りたいのは、私たちがこの世界にはじめから住んでたのか、ってこと」

「そうなんだ、申し訳ない。まだ少し混乱していて……」

「それはそうよね。もう少しでおぼれ死ぬところだったんだから」そう言うと、キトライの目が大きくなった。今になってローダンのことが心配になったかのように。「あなたの質問への答えはこう。私たちにはわからない。知ってるのはただ、私たちイルトは思い出せるかぎりずっと、ワンダラーに住んでるってこと」

「きみたちは、あれより前のことを……」ローダンは言葉を探した。「……この惑星がふたつに切断される前のことを、知っているのか？」

「いいえ。悪いけど。覚えていれば、とは思うけど。なぜ〝それ〟がひとつの世界をふたつに分けたりしたのか、わかったら、とは思うけど。それから、もう半分がどうなったのかを知っていれば、って思うけど。でも私たちは知らない。知ってるのはただ、〝それ〟が陸に街をつくらせて、そこを輝く街って呼んでいて、そこには誰もいないってこと。その街は、私たちの街じゃないってこと」

自分たちの種族の本質をめぐる疑問を口にして、イルトは気が重そうな顔をした。ペリー・ローダンは胸が痛んだ。キトライの無頓着さはグッキーを思い出させる。あのイルトは、ローダンの友であるブルやエリック・マノリとともにファンタン星人のベズン状態から脱出した。底抜けに明るい性格をしていたが――グッキーには、キトライと同じように、ときおりかかる翳《かげ》があった。

女性イルトは身震いした。腕を後ろに回す。再び現れた前足には、大ざっぱなつくりの器が握られていた。あるいは、やけに大きな木の実の殻を半分に割ったものだろうか。キトライはその器を床の水たまりに入れて、水をすくった。

「飲んで！　喉が渇いてるはず！」

本当に喉が渇いていた。イルトに水を差しだされてはじめて気がついた。あまりにも興奮していて、喉が渇いているなど思いもしなかったのだ。

「心配しないで、飲んでも大丈夫。私たちが飲んでるのと同じ水だから」

キトライはローダンのためらいを誤解したようだ。彼女のテレパシー能力は、思考の細部まで読み取れるほど強くはないのだろう。

ローダンは器を受け取り、口をつけた。水は冷たく、無意識に覚悟していた塩気もなかった。器をあけてキトライに返す。イルトはもう一度水をすくった。

「ワンダラーに、イルトはどれくらいいるんだい？」

器を空にすると、ローダンは尋ねた。

「正確なところはわからない」とキトライは答えた。「一〇万くらいかな。私たちはうんとあちこちに散らばっていて、あなたたちみたいな技術もないから。でもその代わりに、上手に泳げるし、上手に潜れるし、狩りも上手」

「見ればわかるよ」

ローダンが言ったのは、キトライの体格のことだ。身長はグッキーと同じ一メートルほどだが、彼女のほうがすらりとして筋肉質だ。地球にいるような、水中で獲物を追う哺乳類を思わせる。ビーバー、カワウソ、オットセイなど。水中で、彼らの本来の世界で、矢のように、驚くほど巧みに動きまわる動物。

「ありがとう！」

キトライは一本牙を光らせた。あの牙は何に使うのだろうとローダンは考えた。あれで獲物を串刺《くしざ》しにするのかもしれない。

「それにもちろん、私たちの特別な能力も、あって困るってわけじゃない」イルトは話を続けた。「おまけに、ワンダラーは私たちの世界。〝それ〟は違う考えかもしれないけど。私たちはここをよく知ってる」

「それは、平らな面にも言えることかな？　あっちについては何を知っているんだい？」

　キトライは手の幅ほど小さくなったように見えた。

「ほとんど何も。私たちでも、エネルギーの壁に近づこうとしたら命がけになるから。それに、あの端まで行けたとしても、それが何になる？　向こう側も同じように海につながってる。そして、そこには同じように陸があるはず」

「きみたちが知っているのはそれだけかい？」

「それだけじゃない。不死を求めて、何度も何度もよその人たちがワンダラーのこっち側にやってくる。すごく少なくて、何年も来ないこともある。あなたたちと同じだったり似ていることもあるし、あなたたちや私たちイルトとは見た目がぜんぜん違うこともある。そして、何日かしたら向こう側に連れていかれる。そこで〝それ〟が永遠の命を与えてくれる、その人たちはそう願ってる」

「その願いに根拠はあるのかな？」

「私たちにはわからない。探しに来た人たちは、ワンダラーのこっち側に戻ってこないから。もしかしたら永遠に生きてるのかもしれない。もしかしたら、〝それ〟がすぐに殺したのかもしれない。私たちが陸に行けば機械が私たちを殺すみたいに。でも、もしかしたら、私たちには想像もつかないようなことを、〝それ〟はその人たちにしているのかもしれない……」

　ローダンは何も言わなかった。身を乗りだすと、もう一度水をすくって飲んだ。キトライの言うとおりだった。どんなことでも起こりうる。ワンダラーで起こることを理解できるほどの想像力を、自分たちは持ちあわせていないのだ。

「きみたちには大変な借りをつくってしまったな、キトライ」やがてローダンは言った。

「私と仲間たちを救うために、大変なリスクを冒したのだろう」

「ああ、そんなことなんでもない！」とイルトは受け流した。「私たちは泳ぎが上手だから」

「それはちっとも疑っていないさ。だが我々を助けて、〝それ〟の問題に巻きこまれることになった。そのせいできみたちに何かが降りかかるかもしれない」

「でも、それでも！　機械が来たいなら来ればいい！」キトライは前足を拳にすると振りまわした。「この外の海では、私たちには何もできないんだから。それに、私たちはあなたたちを助けるしかなかった。そうしないわけにはいかなかった」

「なぜだい？」

「あなたたちは違うから」キトライは前足を下げた。「私たちはときどき、探しにきた人たちの考えを読んでる。私たちが〝それ〟や不死について知ってるほんの少しのことは、そんなふうにして聞いたこと。探してる人たちがワンダラーにやってくると、畏《おそ》れおののいて、はっきりと考えられなくなる。そして考えているのは、自分のことだけ、ものすごく憧れてる不死のことだけ。でもあなたたちは、不死のためにここに来たんじゃない。ペリー・ローダン、あなた自身は、自分が聞いたと思った助けを求める声に従った。そしてあなたと友達は、死ぬほどの病気になった友達を助けるために出発した」

「それは……我々はそうするしかなかったんだ」

「だから同じ。私たちがあなたたちを助けるしかなかったのと同じ。あなたの心から読んだのだけど、あなたたちは私たちと同じ種族のグッキーを助けた。そして新しい故郷を与えてくれた。私たちが、あなたたちに借りがあるの」

キトライは頭を下げた。

ローダンは突然高揚感に襲われた。思わぬところで友を得たのだ。地球からはてしなく遠いこの場所で。無条件に味方になってくれる友であり——無力な友であった。

ローダンの高揚感はあっさりと消えた。たしかに生きてはいるものの、それ以上ではないとわかったからだ。自分たちは八方塞《ふさ》がりだ。陸に戻れば、遅かれ早かれ機械に察知されるだろう。カルフェシュがくれたデフレクターがあるとしても。イルトのように、そこにいる資格のない者として機械に殺されるだろう。平らな側への道は閉ざされている。あのエネルギーシールドを通り抜けることはできない、キトライもそう断言した。もちろん、イルトのもとでずっと暮らすこともできる。だがそれでは未来の希望がない人生だろう。そのうえ、長くは生きられない気がした。自分たちはキトライやその同族とは違って、水中で生きるように生まれついてはいないのだ。

「悲しくならないで」キトライが静かに言った。「悲しむ理由なんかない」

「私の心の動きを読んだのか？」とローダンは尋ねた。

「そう。あなたは、自分たちにはもう道がないと思ってる。でもそれは間違い」

「何が言いたいんだい？　あのエネルギーシールドは越えられない。きみがそう言ったんじゃないか」

「あの壁は、そう。でもワンダラーの平らなほうに行く道が、ひとつあるかもしれない。ただ、その道を通ろうとするなら、怖いもの知らずにならないと。あなたたちを待っているのは、死かもしれないから……」

14

カルフェシュ

カルフェシュは音もなく格納庫に入った。

フェロン人は文字どおりに隅で小さくなっていた。胎児のようにうずくまっている。頭を下げて壁につけ、体重をあずけていた。声をもらしながらむせび泣き、何度も身を震わせている。

カルフェシュは数歩離れて立ち止まった。カクトールは、哀れだった。ただの死すべき者であり、己が星系の外へは行けぬ文明の出身だった。このフェロン人は、勇敢で賢明な男だ。だがその身に起きていることは、この男の限界を超えているに違いなかった。

カルフェシュは、死すべき者であった最初の人生のことを思い出した。カクトールと同じように、ある船の目に見えぬ手に捕らえられた。あのとき、これで人生は終わったと思った。だが実際には、あのときに始まったのだ。あれ以来長い時が過ぎ、カルフェシュは

〝それ〟の諜報者になった。

「怖がることはない」と、カルフェシュは静かに言った。「もう大丈夫だ」

そう言いながら気がついた。フェロン人の耳には、この言葉がどれほどむなしく響いていることだろう。

カクトールは飛びあがると、壁を突いてその場を離れた。フェロン人は強い。この船の設定よりも強い重力を有する世界の出身だ。カクトールは叫び声をあげ、カルフェシュに向かって走りだし、飛びかかった。

カルフェシュの足をすくうはずだったフェロン人のジャンプは、途中でいきなりさえぎられた。船がエネルギーシールドを生じさせたのだ。フェロン人は猛烈な勢いで見えないシールドに激突した。一瞬のあいだその場で宙に浮いているように見えたが、見えない壁にそって床に落ちていった。カクトールは痛めつけられた動物のように悲鳴をあげた。何が原因かわからぬまま、激しくなるいっぽうの痛みに苦しむ動物のように。

「どうか暴力に訴えるのはやめてほしい」とカルフェシュは言った。「そんなことをする理由はない。私はあなたに何もしていないのだから」

「この嘘つきめ！」

フェロン人はようよう身を起こした。もう一度エネルギーシールドに向かって走り、はじき返される。舌を大きく口から垂らし、ハアハアとあえいだ。カクトールは立ちあがり、三たびシールドに走った。だが途中で考えなおしたようだ。舌は口のなかに消えた。

「おまえは、我々に何をしたのだ？」フェロン人はあえぎながら尋ねた。「私に何をした？　このわけがわからない芝居は、何だ？」

「芝居ではない」とカルフェシュは冷静に応じた。だが、自分が何に駆り立てられているのか、この青い肌のずんぐりとした男は、驚くほどの正確さで見抜いているのではないだろうか。諜報者はそう自問した。自分は、繰り返し再生される人生に退屈し、生きるに値する人生を取り戻すために、生と死をめぐる芝居に加わろうとしているのではないか？

カルフェシュはそのような思考を追い払い、話を続けた。

「私はただ単に、最善を尽くそうとしているだけだ」

「これが最善なのか？　私に何をした？」

「おまえを私の船に連れ戻した。突然手を出すことになり、申し訳なく思っている。だが、おまえが機械の手に落ちる恐れが強まって、ほかに手の打ちようがなかったのだ」

カクトールのハアハアという息が静かになった。フェロン人は落ち着いたのだ。少なくとも多少は。すぐに思考力を取り戻すかもしれない。

カクトールは手を腰にあてた。

「なぜその機械に気をつけるよう、言っておかなかった？　おまえはデフレクターが我々を守ると言った。だが守らなかった！　それで私の友はどうなったのだ？　なぜ彼らも連れ戻さなかった？　なぜここにいないのだ？」

「申し訳ないが、それは答えられない。マルチデフレクターは私の船の探知能力からも彼らを守っている。彼らがどこにいるのか、わからないのだ」

「この嘘つきが！」カクトールは再びエネルギーシールドに激突した。だが今度は動きをコントロールしている。見えない壁の位置を把握し、怒りを解消するために利用したのだ。

「我が友に何をした？　あのなかには光をもたらす者もいるのだ。ペリー・ローダンが！　私はすぐに彼らのもとに行きたい！」

「今言ったように、おまえの仲間はここにいない」

「友のところに連れていけ！」カルフェシュの言葉など聞こえなかったかのように、フェロン人は吼えた。「さっさと我々を帰らせろ！　私は家に帰りたい！」

カクトールは過度な要求をしている。だが、ある意味では正しい要求だと認めるしかなかった。フェロン人は家にいるべき者だ。とはいえ、それは不可能なのだ。

「おまえの望みを叶えてやることができれば、と思うのだが」と諜報者は口にした。

「嘘はやめろ！　おまえはこの船を操り、我が故郷から出発した！　おまえは時間を超えて旅ができる！　ほかの者を不死にし、惑星を真っ二つにできるんだ！　私と友を家に戻せないはずがない！」カクトールは腕を下げ、肩を前に落とした。「お願いだ」と哀願した。「我々を家に帰らせてくれ！」

　これほど苦しんでいる者に、何と声をかければいい？　自分は〝それ〟の諜報者でしかなく、何度生きなおしてもそのごく一部しか理解できない営みの、ちっぽけな歯車にすぎないのだ、と言えばいいのか？　本来ならばカクトールやローダンやほかの者たちを船に入れてはならなかった、ましてやワンダラーに連れてきてはならなかったのだと？　自分の行為を〝それ〟が耳にすれば、命を落とすことになるのだと？　そして、なぜ自分が行動したように行動したのか、自分でも説明がつけられぬと？

　どれをとってもフェロン人には理解できないだろう。何ひとつ信じないはずだ。

「カクトール」カルフェシュは口を開いた。「すでに言ったように、これは……」

「カルフェシュ？」船がその言葉をさえぎった。フェロン人には聞こえないように。

「どうした？」諜報者は船に怒鳴った。「またひとつ問題が起きたのか？」

「いいえ」と船は答えた。「三つです」

　船がホロを生じさせた。カクトールには見えないものだ。

　三人の人物が映っていた。人間の女性が一人、年老いたアルコン人が一人、これまで見たことのない種類のトカゲ種族が一人。三人は、この船が着陸した離着陸場の端に立っている。

「何者だ？」とカルフェシュは尋ねた。答えの予想はついていたが。

「栄光に値する者です。クイニウ・ソプトールとともにワンダラーへ来た者たちです」

「あの老アルコン人は、ローダンとその仲間たちが探しているクレスト・ダ・ツォルトラルなのか？」

「そのように考えています」

諜報者は三人をしげしげと見た。試練を乗り越えられると証明してみせた者たちだ。ワンダラーに来たいと望む者が耐え抜かねばならぬ試練を。非凡な者たちに違いない。彼らには永遠の不死を受け取る資格がある。それに対して、〝それ〟がカルフェシュに与えているのは、期限つきの不死にすぎなかった。

カルフェシュは畏敬の念に襲われた。この三人が何を目前にしているのか、わかったからだ。それから恐怖。栄光に値する者たちが離着陸場の端に立ち、船を見ている。このようなことがあってはならないのだ。

「彼らはここで何を探している？」と諜報者は尋ねた。

「クイニウ・ソプトール、だと思います」

「なぜ離着陸場まで来た？　ソプトールがあの道を通ったことを知るはずがないだろう」

鉤爪の下の皮膚がうずきはじめた。気に入らない。これは、思いもしないことが押し寄せると起こるのだ。対処のしようがなく、引き裂かれてしまいかねないと判明した、一連の出来事によって。

「私のエンジンの爆発は、音響的にも光学的にも、街のあらゆる場所で捉えることができたはずです」

「そうだとしても、爆発は恐怖心を呼び覚ますはずだ。離れておこうとするものだろう、近寄るのではなく！」

「あなたの論理は完璧です。しかしそれでも、栄光に値する者はここにいるのです」

「だが、なぜだ？」とカルフェシュは尋ねた。

「私にはわかりません」と船は答えた。「彼らが現れたのは、偶然かもしれません」

「そんなことはありえない！」諜報者は、人間の女性がその大きな目で自分を見すえているような気がした。心の底まで見抜いているかのようだ。「この街は広い。なぜ偶然、我々のところへまっすぐに来たりする？」

「それが偶然の本質です。起こりえないことが起こります。説明のつけられないままに」

船の口調は説教じみていた。いや、勘違いで、不安なニュアンスが耳についただけだろうか。

「ホムンクは何をしている？」とカルフェシュは尋ねた。「イントトロニックは、栄光に値する者を丁重に扱うはずではないか。不死の候補者を監視もつけずに街を歩かせたりなど、するわけがない。彼らに何かがあってはならないのだから」

今の話を聞いていたかのように、二人のヒューマノイドと一人のトカゲ種族が動きだした。離着陸場に足を踏みだす。

「私のほうに向かっています！」と船が叫んだ。

鉤爪の下のかゆみが燃えあがった。

「彼らは知っているのだ。ソプトールが我々のそばにいたと知っているのだ。カクトールが我々の手の内にあると知っているのだ」とカルフェシュは言った。

「そんなことはありえません！」

「いや、それが偶然の本質だ」カルフェシュは意地の悪い満足感を覚えながら船に反論した。短時間のうちに、互いの役割が入れ替わったのだから。「起こりえないことが起こる。説明のつけようのないままにな」

「しかし……どうすればいいのでしょう、カルフェシュ？」

諜報者は答えるまで間をおいた。栄光に値する者と船との距離は、あと二〇〇メートルほどだろうか。考えられることはふたつある。クイニウ・ソプトールの手がかりを得るために、ホムンクが意図的に栄光に値する者を街へ出したのかもしれない。それなら自分たちは終わりだ。だがあるいは、イントトロニックは間近に迫った〝それ〟の来訪にすっかり気を取られていて、栄光に値する者が姿を消したことに気づいていないのかもしれない。考えられないことではあるが、ありえなくはない——もしそうであれば、それに賭けるしかなかった。

栄光に値する者は、船から数メートル離れたところで立ち止まった。

「カルフェシュ！」船が叫ぶ。「あなたの決断は？」

諜報者は振り返り、カクトールを見た。フェロン人はうずくまっている。守るように頭に腕を回し、静かにすすり泣いていた。

なんと勇敢な者だろうか！ そしてなんと不公平なのだ！ カクトールは、信じるもののためにすべてを捧げた。そして今や力尽きていた。カルフェシュはフェロン人に嘘をついたのではない。カクトールを故郷に連れ戻してやれれば、と願っていた。だが本当に不可能なのだ。それでも別の方法でフェロン人を勇気づけられるだろう。わずかではあっても。

「栄光に値する者を収容せよ！」とカルフェシュは船に命じた。

「何ですって？ それからどうするのですか？ 何をすれば……」

「私が言ったことをしろ！」諜報者は船の言葉をさえぎった。「我々は行動しなければならない。すべてはおのずと明らかになる」カルフェシュは膝を屈めてフェロン人と目の高さを合わせた。「カクトール？」とささやく。「あきらめるな！ おまえにもわかるだろう。まだ希望はある……」

フェロン人はその言葉に反応しなかった。

エアロックが開いた。船が諜報者の命令に従ったのだ。日光が格納庫に入ってくる。カクトールは腕を少し上げ、その下から何が起きているのかを見ていた。甲羅を持つ動物が、危険は去ったのかと慎重にたしかめる姿のようだ。

三人の栄光に値する者が浮きあがり、牽引光線に担われて格納庫へ入ってきた。

カクトールの体の震えがいきなり止まった。フェロン人はゆっくりと立ちあがり、眼窩に親指を深くさしこむと、自分の感覚が信じられないかのように目をこすった。やがて喜びに圧倒される。

「クレスト！」と叫んで両腕を高く上げた。「クレスト・ダ・ツォルトラル！」

「カクトール！」と老アルコン人が叫ぶ。「あなたたなのですね！」

栄光に値する者はそっと床に降ろされ、牽引光線から解放された。

カクトールは彼らに駆け寄った。抱擁しようとして二歩手前で立ち止まる。フェロン人は、アルコン人と自分を隔てる階級の違いを思い出したのだろう。

「クレスト！」とカクトールは叫んだ。「何と言えばいいのかわかりません！我々はあなたを探していました！」

「わかっています」とアルコン人は答えた。「そして私は、あなたがたにはかりしれないほど感謝しています。それでもこんなことはすべきではありませんでした。あなたがたは、自分たちの命を危険にさらしたのです！不死を探す旅に出るというのは、私が決めたことだったのですから」

「我々はあなたを追うしかなかったのです！　ペリー・ローダンは……」

カルフェシュは話を聞いていなかった。人間の女性がカクトールに向きなおったのだ。彼女はフェロン人を凝視した。毛が生えていない額に玉の汗が浮かび、胸郭が速いスピードで上下している。今この瞬間、すべての体力を注ぐべき身体的な負荷がかかっているかのように。これはいったい……？

「ホムンクが離着陸場にいます！」と船が叫んだ。「船内に入れるよう要求しています！」

カルフェシュの指先が激しく燃えあがり――炎はにわかに消え去った。ホムンク。そう来なければ。

「カルフェシュ？」と船が迫った。「なぜ何も言わないのですか？　何らかの手を打つ必要があります。ホムンクは引きさがりません！　栄光に値する者とカクトールを隠さなければ！」

「だめだ。そんなことをしても意味がない」

「しかし、あなたが何をしたのか知られてしまいます！」

「いずれにせよ知られるだろう。遅かれ早かれ」

自分と船がどれほど愚かな行為に及んだのか、カルフェシュにはわかっていた。爆発ひとつとっても、ホムンクの猜疑《さいぎ》心《しん》を呼び覚ますはずだ。その直後に三人の栄光に値する者が消えたという事実は、否応なしにイントトロニックに手がかりを与えてしまうだろう。もう終わりなのだ。

「ホムンクを船に入れろ！」と船に命じた。

「あなたは……」船は黙った。「私に命令を下すのはあなたです、カルフェシュ」

再び隔壁が開いた。その直後、イントトロニックが宙を漂いながら格納庫に入ってきた。日光が当たる場所から格納庫の陰に入ると、ホムンクの着衣の色が黄色から変わった。そのすぐあとに、非常に小柄なイメナーが続く。彼女は銃を持っていた。

「わかっていたぞ」ホムンクは挨拶代わりに言った。「おまえは何かを隠している」イントトロニックはカクトールを指した。「この者には、ワンダラーに立ち入る資格がない」

ホムンクは〝それ〟の従者がコミュニケートする際に使う言語で話していた。カクトールや栄光に値する者にはわからないはずだが、危険は本能的に察したのだろう。彼らは身を寄せあった。そうすればイントトロニックの攻撃を避けられるかのように。だが、カクトールの反応だけは逆だった。自分と仲間を脅かす見知らぬ者に向かって飛びだし、襲いかかろうと、身を乗りだしたのだ。

人間の女性がカクトールの肩に手を乗せ、何かをささやいた。ごく小さな声だったので、カルフェシュには理解できなかった。フェロン人は彼女の手を振り払おうとしたが、考えなおしたようだ。女性の言葉ゆえだろうか？　それとも、カクトールの攻撃をイメナーが待ちかまえていると気づいたからだろうか。イメナーの目はぎらついていて、血に飢えているとしか解釈のしようがなかった。

「表面的には、あなたの言うとおりです、ホムンク」とカルフェシュは言った。「しかし、より高い見地から……」

「そのようなことを私に説明するな」とイントトロニックがさえぎった。「おまえの無責任な行為については、自分で〝それ〟に説明しろ。我々の主はもうすぐ到着する。船?」

「何でしょうか?」

船はホムンクと同じ機械だ。だが、船の階級はホムンクよりはるかに下なのだ。

「資格のない者を排除せよ!」

栄光に値する者たちがカクトールを守ろうと周囲に集まった。フェロン人に危険が迫っていると感じたのだろう。だがそうしたところで何の役にも立たない。船は外科医のような正確さで殺すことができる。今この瞬間にも、正確に調整されたエネルギー光線がフェロン人を灰と化すだろう。だが光線は放たれなかった。

「船!」とホムンクが叫んだ。「私はおまえに命令をしたのだぞ。直ちに実行してもらいたい!」

「私に命令を下すのはカルフェシュです」と船は応じた。考えられぬ振る舞いだった。反逆である。

「おまえの命令拒否はそれなりの帰結をもたらすだろうな」とホムンクは言い、カルフェシュに向きなおった。「船に排除命令を出せ。〝それ〟も望むことだ！」

　カルフェシュの主である、〝それ〟。その目的のために、幾度もの人生のあいだ忠実に仕えてきた、〝それ〟。自分にもよくわからない理由で反逆することになった、〝それ〟。

　カルフェシュは、自分が主の前に進みでる様を想像した。〝それ〟は、自分の意志が実現されることを期待している。カルフェシュは、〝それ〟の慈悲を受けることはできないだろう――カクトールを殺せという命令を下そうと、下すまいと。

「カルフェシュ！　どうしたのだ？　命令しろ！」

　もう手遅れだ。カルフェシュは己の主に逆らった。その帰結は担わなければならない。だが、少なくとも、純粋な良心のもとに担いたかった。

　諜報者はエネルギーシールドを消すと、ホムンクと、カクトールや栄光に値する者たちとのあいだに入った。

　そして口を開く。

「いいえ。私は人殺しはしません」

　カルフェシュは、アルコン語で言った。

15

ペリー・ローダン

「私たちが一緒に行けるのはここまで！」

キトライが水をかく動きを止めた。同族もそれにならう。ロープが緩んだ。イルトたちはそのロープでローダンと仲間たちを引っ張り、ワンダラーの浅い海を泳いできてくれたのだ。

ローダンは無意識に水をかき始めたが、そんな必要はないと気がついてすぐにやめた。防御スーツのなかの空気が、彼や仲間たちを上へ押しあげてくれるからだ。とはいえバランスを保つのは難しかった。よく鍛えているラス・ツバイでさえ、じたばたと手を動かし、適切な手足の位置が見つかるまで何度もぐるぐると回った。

「あの渦に入ったら、もう後戻りはできないから」とキトライは言った。

ローダンは周囲の海を見渡した。やけに水平線が近い。波のうねりは穏やかで、よくよく見れば水の表面が動いているのがわかる程度だ。

無意識に防御スーツを手探りし、ヘルメットが閉じていることをたしかめた。これはイルトが持ってきてくれた防御スーツである。はるか昔に海へ沈んだシリンダー船で見つけたそうだ。三〇分も息を止めていられるイルトは、何度も難破船まで潜ってはあちこちを調べてまわり——運べるものを持ちだしていた。

そのなかに防御スーツがあった。イルトには大きすぎたが、人間やアルコン人にはぴったりだった。仲間のなかでは桁《けた》違いな経験を積んだ宙航士であるトーラが、防御スーツを点検し、機能することを確認した。少なくとも基本的な機能は果たす。気密性を保ち、呼吸できる混合空気を装着者に供給できた。トーラは飛行装置も見つけたが、探知される恐れがあるため、さしあたりは使用を控えた。

イルトが差しだした携帯火器も同じだった。ローダンは感謝して丁重に断った。ワンダラーの向こう側で好意的に迎えられるのか、破滅するのか、ふたつにひとつなのだから。

ブルが鼻を鳴らした。

「間違いないのか？　キトライ。世界の真ん中の穴っていうから、もっと違うやつを想像してたんだが——そうだな、もっと大がかりっていうか」

「表面だけはそう。本当の渦は海の底だから。近くまで行って、そこの吸いこむ力から逃げだせたイルトはいない。ものすごく強いから。理由はひとつしかない。水が流れだしてるに違いない、ってこと。それがワンダラーの別の側じゃなかったら、どこにつながってるっていうの？」

「そうだな。だが俺は学校にいた頃、しけた奴だったし、理科の授業も物覚えが悪くてな。たとえば、地球の真ん中には灼熱《しゃくねつ》の核があるとか……」

「ここは地球ではありませんわ」とトーラが口をはさんだ。

「だが、地球みたいな世界ですぜ。山脈や海があって、植物や動物がいる。〝きわめて普通の惑星〟でしょう、あんたが前に言ってたみたいに。俺の勘違いじゃなかったら」

「あなたは間違っていません。きわめて普通ですわ。そして、きわめて普通ではない。命を担っている世界はすべて、普通ではないのです。奇跡ですよ。ありえないことです」

「そしてだからこそ、この惑星には命があるけど、灼熱の液化した核はないって、信じてるんですかい？」

「少なくとも、ない可能性はあると思っています。あるいは、この奇妙な世界をつくった男性または女性が、片方の側からもう片方の側へ水が流れる仕掛けを設置した可能性は、ありますわ」

「これはまた、地球の単細胞な蛮人にぴったりの楽観主義ぶりを発揮したもんですな」とブルがトーラに切り返した。

「ほめ言葉として受け取っておきますわ」と、トーラがふざけた調子で首をかしげる。

「私は……。もしよかったら、私たちのところにいてくれてもいいんだけど」キトライが横から言った。

テレパシー能力があっても、イルトが人間とアルコン人女性の軽口を理解するのは難しかったようだ。ローダンは思わずにやりとした。ぞんざいな口調のせいで、ブルはほかの者から過小評価されがちだった。ブルの無駄口がプレッシャーをいなす手段にすぎないことがわからないからだ。だがよりによってトーラが、自制心を最大の美徳とするアルコン人女性が、親友のうってつけのスパーリングパートナーになるとは、ローダンにとっても、またブルにとっても驚きだった。

「そう言ってもらえるのは嬉しいよ、キトライ」ローダンはイルトに向きなおった。「でも私の考えでは」そう言いながら海で身を寄せあっている仲間に目をやった。「我々の誰一人として、本気であきらめようとは思っていないんだ」ローダンは一瞬黙った。「予想どおり、誰も反論しない。「我々は故郷へ帰らなければならない。わかってもらえるかな？故郷に戻れる可能性がある唯一の道は、この渦を通った先に続いているんだ」

「そうね」とイルトは答えた。キトライは電光石火で二メートル下に潜ると、ローダンたちを引っ張ってきたほかのイルトのあいだから顔を出した。「あなたたちは、あなたたちがしなきゃならないことをしなきゃならない。幸運を祈ってる！」

ローダンたちは感謝を伝え、渦に向かって泳ぎだした。すぐに目に見えぬ手につかまれた。潮の流れが自分たちを捕らえるのを感じる。一分も経たぬうちにすっかり遠くへ運ばれ、イルトの顔は見えなくなった。

ブルが力強く二回水をかいて、ローダンのそばへ来た。

「俺に言わせれば、あの毛だらけの友は大口を叩いたんですよ。これじゃプールのウォータースライダーの半分もめちゃくちゃじゃありませんぜ。俺が子どもの頃は……」

突然、サメにつかまり海底に引きずりこまれるかのごとく、ブルが沈んだ。だが、猛烈な力で友を連れ去ったのは、潮流だった。次の瞬間、ローダンも捕らえられ、下へ流された。この奇妙な世界の真ん中にある穴へ――そしてもしかしたら、この世界の創造者のもとへ。

ローダンの防御スーツから、空気が泡となって放出され、つかむことのできないカーテンのように彼を包んだ。泡が上に行ってしまうと、前や横に仲間の姿が見えた。クイニウ・ソプトールは身動きひとつせずに流されている。また気を失ったのだろう。彼女はロープでスーとラスにつながっていた。ブルははるか深みにいた。スカイダイバーのように手足を伸ばしてひじや膝を折り曲げている。あの男独特のゆるぎない決意をもって波に身をゆだねていた。とにかくできるだけのことをしているのだ。

トーラはローダンの右にいた。アルコン人女性は身をよじり、めちゃくちゃに腕を振りまわしていた——スローモーションのように。水や潮流が動きを妨げている。防御スーツに異状があるのか？　それとも、自然の力になすすべもなく引き渡されることに慣れていないせいで、パニックに陥ったのだろうか？

　ローダンは姿勢を変え、潮流に乗ってトーラのほうに向かった。だが彼女のそばには行けなかった。もう間に合わない。ほんのわずかな時間のあいだに闇が降りてきて、渦によって水の底深くに引きこまれ、太陽の光は見えなくなった。

　ローダンは独りきりになり、道連れは自分の思考だけとなった——そして、疑念。

　ブルの言うとおりだと、突然わかった。ありえないのだ。ワンダラーの内側は、灼熱の液体に違いない。平面の側につながる水路など存在しないのだ。存在したとしても数千キロはあるだろう。そして、水が音速で水路を疾駆しても、平面の側に着くまで数時間かかる。そのあいだに水が沸騰しはじめ、蒸気と化すのではないか？　そもそもなぜ平面の側に流れなければならない？　惑星の重力はその中心に物を引きつける。だがワンダラーは、ローダンが正しいのなら、半球なのだ。したがって重心は曲面の側に存在する——平面の側にあるわけがない。

　渦の吸引力が強くなり、半径が狭まった。これは海底の開口部に近づいているという証拠だ。

　ローダンは落ち着いて呼吸をするように努め、流れに逆らわないよう自分に強いた。もう遅いのだ。彼が決定を下した。あのヴィジョンが事実どおりであればよし――さもなくば、彼と仲間たちは死ぬことになる。

目を閉じ、記憶に焼きつけられた映像に集中した。

ローダンは宇宙にいた。今やワンダラーと判明した世界へと疾駆している。〈来い！〉心のなかで再び聞こえた。あの声がささやいている。〈来い、ペリー・ローダン！　おまえが必要だ！〉

彼を呼んだのは、〝それ〟なのだろうか？　だがなぜだ？　何のために、不死に違いない存在が、死すべき者の助けを必要とする？

思考のなかで、ローダンはワンダラーの曲面の側の空を通りすぎ、平面の側に目をやった。想像もつかぬほど巨大なナイフがこの世界を真ん中で切断したかのようだ。切断によって生じた平面には平らな陸があり、そこに森や平原や湖や砂漠が広がっていた。幅の広い川がいくつもうねりながら流れ、三角州で扇状に広がって湖となり、最後には環状の海に流れこんでいる。海は、平面の端で目に見えぬ障壁によってせき止められていた。

丸い平面の真ん中に高台があった。その縁は垂直な岩壁になっている。その高台に街が鎮座し、街の中央から、このありえない世界の空に向かって巨大な水の噴射が高く上がっていた。その滴のなかで虹が輝いている。水は地面にしたたり落ち、集まって小川となり、川となり、最後には高台の端を越える滝となって、数百メートル、いや数千メートルの深みへ落ちていく。

あの噴水……あれが、この渦が行きつく場所なのだろうか？

衝撃とともに回転のスピードが上がった。遠心力がローダンを引きちぎろうとする。どんどん強くなり、途方もないほど強力になった。

ペリー・ローダンは、気を失った。


「ローダン？」

ペリー・ローダンは、両肩をつかまれ、引き寄せられるのを感じた。

「私の声が聞こえますか？」

その声は奇妙にゆがんでいて、小さかった。ローダンは目を開けた。暗いままだ。

「レジか？」

腕を伸ばし、防御スーツを着たすらりとした人物を手探りした。

甲高い笑い声が応じた。

「がっかりさせなければなりませんね、ローダン。私で我慢するしかなさそうですわ——トーラです」

彼女はローダンの手を振り払わなかった。

「トーラ？」急に記憶が戻ってきた。トーラは、隣で流され、めちゃくちゃに身をよじっていた。助けようとしたが間に合わなかった。「だ……大丈夫ですか？」

「もう大丈夫です。あなたは、私の小さなパニック発作の証人になったわけですか？」

「あなたは腕を振りまわしていて、それから……」

「……そのほかの馬鹿なことをしましたわ。ご存じでしょうが、なすすべもなく運命に身をゆだねるというのは、あまり得意ではないものですから」

「わかっていますよ」

ローダンは首を回した。まだ暗闇で見通しがきかない。引っかくような音がして、どうやってトーラと話せていたのかわかった。ヘルメットを接触させていたのだ。そうすれば、ともかく音波は伝わる。

「どうしたのですか？」とトーラが尋ねた。

「気を失っていたのでしょう。遠心力がどんどん強くなって……」

ローダンは黙った。トーラが彼の脚に脚をからませてきて、膝裏でしっかりとはさんだからだ。

「こうしていれば、はぐれることはありませんわ」と言うと、アルコン人女性は話を続けた。「気を失ったのが私だけではないと聞いて、嬉しく思っています。どこにいるのか、わかりますか？」

ローダンは耳をすました。雷のような音がする。遠くで落ちる滝の水音に聞き耳を立てているかのようだ。

「ワンダラーのふたつの側をつなぐトンネルのなかにいるのだと思います。まっすぐなパイプ状なのでしょう。水は渦を巻かずに流れている」

「そして一定の流速で。我々もずいぶん前からその速さに達している。ですから流れを感じないのでしょう」

「そういうことですね」とローダンは同意した。「ただ問題は、我々がどれほどのあいだ気を失っていたのか、ということです」

「それは正確にはわかりませんね。何の手がかりもありませんから。我々は……」

トーラが口をつぐんだ。さらに強く脚をからませてくる。そして急に笑い声をあげた。

「どうしたのですか？」とローダンは尋ねた。「何を笑うことがあるのです？」

「ああ、何でもありませんわ。ただ、あなたの文化には慣用句がずいぶん沢山あるものだと思っただけです。驚くべき聡明《そうめい》さで的を射ている言葉が」

「たとえば？」

「トンネルの終わりの光！」トーラはローダンの肩を放すと、両手で彼のヘルメットをつかんで勢いよく引き、ローダンの体を一八〇度回転させた。「見てください！」

そこにあった。勢いよく大きくなる光の点。

「〝それ〟を！」とトーラが叫んだ。「何としても見つけるのです！」

16

クレスト・ダ・ツォルトラル

「いいえ。私は人殺しはしません」

クレストは耳をそば立てた。カクトールをシリンダー船に迎え入れた者は、その言葉をアルコン語で発した。クレストたちにも聞かせたかったのだろう。

カルフェシュというのがその者の名前だと、カクトールが教えてくれた。諜報者だと。

何がこのカルフェシュを駆り立てているのだろうか。なぜカクトールやローダンや、ほかの者たちをワンダラーへ連れてきたりした？　なぜ自分たちとホムンクのあいだに立ちはだかっている？　カルフェシュは、そうすることで自分の命をかけることになると、わかっているはずだ。

クレストは諜報者の表情を読み解こうとした。この男はヒューマノイドで、ほっそりとして、背が高かった。遠くから見れば、アルコン人か、数千年のあいだにアルコンから分かれた無数の文明の一員のような印象を受ける。だが近くで見ると……カルフェシュの口はごく小さな唇のない開口部で、広いあごに埋もれていた。目は麦わら色の顔にはなく、斜めに横へ突きだしている。硬直した青い眼球は、動かずとも広い視野をカバーできるのだろう。鼻の代わりに平らな開口部があり、傷口を保護する織りの粗い布のような、皮膚からなる格子状のフィルターがその上を覆っている。傷痕が額のほぼ全体に走っていた。

　ふと思い出した。イザハ。フェロルで出会ったひどく高齢のフェロン人。あの、のちに盲いた牧人は、子どもの頃に巨大なシリンダーが自分の故郷の空に現れるのを見たと言い張っていた。フェロン人のようでもあり、フェロン人のようでもない者たちが、シリンダーから降りてきたと。そしてそのうちの一人が牧人の少年に同情し、長い人生を贈ってくれたと。この諜報者のような者だったのだろうか？　もしかしたらそれは、自分たちを守ろうと立ちはだかっている、このカルフェシュその人ではないだろうか？

　諜報者の胸郭が上下するリズムに合わせて、きしむような音が聞こえた。カルフェシュは興奮している。恐怖を感じているのかもしれない。

　恐れる理由はあった。

「どくのだ、カルフェシュ！」ホムンクが言った。やはりアルコン語で話している。「この青い肌の者には、ワンダラーにいる資格がない。排除すべきなのだ。私が義務を果たす邪魔をするな。さもなくば、おまえがその帰結を負うことになる」

「どきません」カルフェシュはその場から動かなかった。「カクトールを死なせるわけにはまいりません」

「おまえが死ぬことになるぞ、カルフェシュ！　おまえの命を、おまえが一生のあいだ身を捧げてきたものすべてを、捨て去ることになるのだぞ！」

諜報者が大きく息を吸った。きしむ音が聞こえる。

「私は人生を捧げてきました。そのとおりです。しかし、あなたの今の言葉は間違っています。このような意味のない殺人を起こるに任せたときにこそ、私が人生を捧げてきたものを捨て去ることになるのです」

「好きにするがいい」ホムンクが無表情に言った。「おまえが自分で決めたのだから」

目に見えぬ手がクレストの胃をつかみ、情け容赦なく締めあげてきた。ホムンクがカクトールを殺そうとしている——そしてカルフェシュのことも。タチアナ・ミハロヴナは正しかった。ワンダラーは楽園ではない。うわべだけの楽園ですらなかった。だが認めたくなかったのだ。不死への欲望に駆られて、ものが見えなくなっていた。

ホムンクの背後にいるイメナーがしゃがんで前屈みになる様が目に入った。銃をベルトに挿している。クイニウ・ソプトールにしたのと同じように、カルフェシュに襲いかかるべく身構えているのだ。その目は血に飢え、ぎらついていた。これは何者なのだ？　これほどの憎悪を他者に向けるとは、いったいどのような経験をしてきたのだろうか。

クレストは憧憬の地に着いた。永遠の命の世界――そして二人の殺人の目撃者になろうとしている。できることといえば、なすすべもなくことの成り行きを見ているだけ……。だが、無力であれば倫理的な義務から解放されるのだろうか？　カクトールは、クレストの命を救うために自分の命をかけ、先の見えぬ世界へ旅立った。カルフェシュは、カクトールとその仲間たちをワンダラーへ連れてきて、その代償に間もなく命を失う。彼らをそのような運命に引き渡すことが、許されるのか？　引き渡してしまったとして、仲間の命を救うために全力を尽くさなかったという自責の念とともに生きつづけることができるだろうか。永遠の自責を意味する永遠の命に、耐えられるか？

上腕をつかまれるのを感じた。タチアナ・ミハロヴナだ。

「いけません！」と女性テレパスがささやいた。「そんなことはしないでください、クレスト！」

彼女はクレストの思考を追い、決意したことを知ったのだ。

クレストはタチアナの手に自分の手を重ね、強く握ってから放した。女性テレパスはそれを受け入れた。

クレスト・ダ・ツォルトラルは、カルフェシュとホムンクのあいだに進みでた。

「やめるのです！　あなたがカルフェシュとカクトールを殺すことを認めるわけにはいきません！」

「どいてください、栄光に値する者！　この件は不愉快とはいえ、あなたとは何の関係もないのです」

クレストは背すじを伸ばした。

「あなたは殺人を犯そうとしている、ホムンク。そのようなことを認めるわけにはいきません。どのような文明に属していようとも、宇宙のどのような場所にあろうとも、殺人が犯されるのを何の手も打たずに傍観するなど、知的生命体には許されないことなのです」

「あなたには不死が与えられないかもしれません、栄光に値する者よ」

「それを決めるのは、〝それ〟だ。従者ではない」

足音が聞こえた。タチアナ・ミハロヴナとトルケル＝ホンが、クレストのすぐ横に進みでたのだ。黙ったまま。彼らの仕草に言葉は要らなかった。

ホムンクは、しばらくのあいだ三人を見すえた。

「ならば、〝それ〟に決めてもらいましょう」とイントトロニックは言った。「到着したらすぐに！」

ホムンクはイメナーに合図をした。彼女は銃を抜くと狙いを定め、引き金を引いた。目に見えぬ巨大な拳の一撃がクレストに襲いかかり、突き倒した。

そのあとには、暗闇だけが残った。

17

ペリー・ローダン

目のくらむような光がローダンとトーラをつかみ、空へ放り投げた。

超高速の水流が二人を開口部から押しだしたのだ。トンネルの狭い軌道から解放され、水が扇状に広がる。ローダンとトーラはしがみつき合ったが、水の途方もない力を前に、ほんの少ししか抵抗することはできなかった。

トーラはローダンから引き離され、噴水に巻きこまれたおもちゃのボールのように宙返りをした。

次の瞬間、ローダンの周囲の世界が回転した。トーラと同じくボールにされてしまったのだ。元テストパイロットは本能的に反応し、腕と脚を大きく広げてそのまま保持した。役に立った。回転がゆっくりになり、やがて止まる。

気を失い、その後絶対の暗黒におかれていた目は、突然の光の充溢《じゅういっ》に圧倒された。ゆっくりと明るさに慣れていく。

　ローダンは一本の虹の上に乗っていた。いや。沢山の虹の上だ。四方を水に囲まれていた。水はあらゆる方向に引きちぎられ、ますます小さな滴に分かれていく。無数の滴が日光を受けていた。光は滴のなかで屈折し、数多くの虹を生みだし、周囲を明るくしていた。

　ローダンはありえない世界を目にした。高台のある丸い平面を。高台の真ん中から力強く水が噴きだしている。間欠泉の噴出を思い出させる眺めだった。今、その噴水に乗って空に浮かんでいる。噴水の周囲に広がる街を見た。降りしきる水が大小の水たまりになり、細いすじとなって流れ、小川になり、さらに川へとふくれあがる。最後には力強い滝の流れとなって高台の端を越えて落下し、豊穣《ほうじょう》な緑の平原を育《はぐ》んでいた。

　この光景には、見覚えがあった。

　これは、ローダンが見たヴィジョンの世界だ。来るように呼ばれた世界である。この世界は存在していた。胸の奥の不可解な憧憬が見せた、単なる幻想ではなかったのだ。

〝それ〟の故郷を眺めていた。

　肩の荷が降り、ふいに解放感を味わった。人生の重荷が突然消え去ったかのようだ。

　ローダンは、自分と同じく虹に乗っているいくつかの点を認めた。仲間たちだ。この光景は仲間の心も捉えていることだろう。不死の世界に着いたのだ！　もう危険な目に遭うことはない。

しばらくのあいだ恍惚としていた。自分は無敵だと感じた。やがてワンダラーの重力が手を伸ばしてきた。一瞬、平らな世界の上空で浮いていたが、やがて落下に転じる。ローダンは手探りでベルトに触れ、防御スーツの飛行装置を起動させた。

反応しない。

一瞬にしてローダンの解放感は吹き飛んだ。

目を体の下に向け、ベルトの正しい位置に触れていることを確認した。もう一度押す。

何も起こらない。

突然口がからからになった。少し離れたところに人影がひとつ見える。おそらくブルだ――四肢を広げ、経験豊富な落下《らっか》傘《さん》部隊の隊員のごとく、ひじや膝を折り曲げている。友は落下していた。

水中で飛行装置が故障したのだろう。驚くべきことではない。この防御スーツは数千年前のものかもしれず、水中で使うために設計されたわけでもなかった。それにキトライが警告していなかったか？　渦に足を踏み入れて戻ってきた者はいないと。

風を切る鋭い音が聞こえた。わずか数メートルわきを人間の塊が猛スピードで通りすぎる。ロープが彼らをくくりつけていた。クイニウ・ソプトールをはさんだスーとラスだ。

彼らはローダンやブルのようにスカイダイビングの経験を積んでいない。安定した自由落下の姿勢を取れるはずがなかった。

三人がもみあいながら地面へ落ちていく様を、なすすべもなく見ているだけ――だが、何の前触れもなく三人は消えた。はじめから存在しなかったかのように。

ラスだ！　スートとソプトールとともにテレポートしたのだ。これが自分たちの救いになる！

救いになる、かもしれない。

地面は猛スピードで迫っている。噴水でどれほどの高さまで吹き飛ばされたのか、判断する手がかりはなかった。だが、スカイダイバーが地球で――何の制動もかからなければ――四千メートルを落下するのに六〇秒もかからないことはわかっている。そして、テレポーターのラス・ツバイが、二回目、あるいは三回目の救出に向かえるだけの体力をかき集めるまでに、数分かかることもわかっていた。

ラスは間に合わないだろう。友を失うという恐怖が、テレポーターに超人的な力を与えでもしないかぎり。

ローダンは姿勢を変え、体を回転させて仰向けになった。上方にトーラが見える。彼女のはずだ。トーラは自由落下にふさわしい姿勢を取ろうとしたが、長くは保てなかった。回転し、宙返りを繰り返す。

ふいにラスがアルコン人女性のそばに現れ、彼女をつかみ――一瞬ののち、トーラと救助者は姿を消した。残るはローダンとブル。ローダンはもう一度体を回転させて下を向き、斜め下に友を見つけた。ローダンは両腕を体に引きつけた。落下のスピードが増してブルに近づく。間もなくそばへ行けるだろう。友をつかみ、そしてラスが……。

ラスがブルの横で物質化し――もう二人はいない。

ペリー・ローダンは独りきりで――負けが決まった。

地面は触れられそうなほど近い。激突するまで数秒だろう。そのあいだにテレポーターの体力が回復するはずはなかった。

〝どんだ死を迎えることになったものだな！〟とローダンは考えた。〝不死を目前にして！〟

死とは、どのような感じがするのだろう。少年の頃から信じていたように、本当に終わりなのだろうか。あるいは別の、人間の感覚では到達できない次元での生活に移るのか？

地面に激突する直前、目に見えぬ手がローダンを捕らえた。

そして、聞き覚えのある声が頭のなかで言った。

〈やっと来たな、ペリー・ローダン！〉

18

ホムンク

イメナーがグライダーを操縦していた。

彼女は首のお守りを隣の席に置き、開いた。憧れのカリブソのホロが現れる。カリブソが彼女の横に座り、寄りそっているかのようだ。

この場にふさわしい振る舞いではなかったが、ホムンクは許した。これは普通の飛行ではないのだから。イントトロニックはイメナーの斜め後ろに座っている。彼の後ろにもう一列座席が並び、さらにその奥、エネルギーシールドで隔てられた席に、ホムンクの虜囚《りょしゅう》がいる。

ホムンクは彼らの麻痺状態を解いていた。イメナーがパラライザーで麻痺させたのだ。撃ったのは少し早すぎたが、それでよかったのだという気もしていた。この三人の栄光に値する者は、〝それ〟が永遠の命の世界に来ることを望む者に課す試練を乗り越えた。反抗的な態度を取ったとはいえ、三人は尊敬に値する者たちだ。その敬意は、ある程度カクトールにも、青い肌のフェロン人にも向けられていた。資格がないとはいえ、この男はワンダラーにたどり着いたのだ。方向性は間違っているようだが、その勇気は尊重すべきだと思っていた。

だがカルフェシュについては……諜報者は離れて座っていた。ビー玉のような目から光が消えている。ぼんやりとして、腐りかけた果実のようだ。諜報者は膝にひじをつき、頬杖をしていた。ああして支えていなければ、ふらふらと倒れてしまうのだろう。

カルフェシュは、自分が何をしたのかわかっているはずだ――〝それ〟が下す、厳しくとも正当な裁きを恐れているに違いない。

諜報者とイントトロニックは、数千年におよぶライバル関係にあった。ホムンクは、カルフェシュが劣悪な従者だと決定的な形で〝それ〟に暴露する勝利の瞬間、どのような気分になるものだろうかと幾度も思い描いてきた。今やそのときが目前に迫っている。だが、ホムンクのなかでわきあがるのは、憐憫の情だけだった。

カルフェシュは、打ちひしがれている。

ホムンクは首を回し、下方を後ろに流れていくワンダラーの曲面の側に目をやった。ここは、〝それ〟が彼に、第一の従者にゆだねた世界だ。ワンダラーはイントトロニックの存在理由の根幹をなしている。数千年が過ぎても、ホムンクは半球の惑星の美しさにやすやすと魅了されてしまう。ここは青と緑の世界だった。大陸と数多くの小さな島は、ほぼ全土にわたって力強い緑に覆われている。海はさまざまな青い色調に輝いていた。それらは一体となり、イントトロニックでさえも深い平穏に包まれる調和した世界をつくりだしていた。

ワンダラーは自然が生んだ傑作のように見える。だが実際には、見えざる手が形づくった世界だ。そして彼が、ホムンクが、その導き手だった。

下の海に、木の幹や枝や海藻を編んだ物体が浮かび、精緻《せいち》に仕上げられた世界のハーモニーを壊していた。

イルトの水上の巣だ。なぜ〝それ〟は、あの癪《しゃく》の種の存在を許しているのだろうか。ワンダラーからあのいまいましい生き物を一掃することをホムンクに禁じるのは、なぜなのか？　永遠の命の世界にイルトの居場所などないというのに！

「興奮してるんですか？」

このイメナーの問いは、カリブソのホロと変わらぬほどこの場にそぐわないものだった。ホムンクは、〝それ〟の第一の従者である。そしてイメナーは、ホムンクの――我慢して仕えさせてやっている――従者だった。従者に上役の心理状態を尋ねる資格はない。まして、慎重な配慮を要する問題に触れるなど、許されなかった。

「なぜそう思うのだ？」とホムンクはきき返した。

「ここ何日か、予想もしなかったことが続いたからです。絶対にワンダラーに戻ってはならなかったクイニウ・ソプトールが戻ってきました。ところがすっかり変わっていて、話もできないし、もう元には戻らないかもしれないほど頭が混乱していました。でも何があったのか解明できないうちに、ソプトールはワンダラーの地面から消えた。最初からいなかったみたいに。その代わりに、無から青い肌の者が現れました。そして諜報者カルフェシュが反逆し、不死を放棄したわけです。まるで不死が、何が何でも解放されたい重荷だったみたいに。これは、興奮するじゅうぶんな理由になるんじゃないですか。私に言わせれば」

ホムンクは返事をするまで数秒の間をおいた。イメナーはめったに話さない。いくつもの文をつなげて話すのはさらに珍しいことだった。イメナーは興奮している。間もなく直面するのは重要な場面だと考えているのだろう。

そうなのだろうか？

「予想もしなかったことが起きた、そのとおりだ」と、イントトロニックは認めた。「だが、それ以上の意味はない出来事だ。海面のうねり以上の何物でもない」

「そう思ってるんですか？　そのうねりがひどくなったら、海に吹き荒れる嵐になりますよ。ひとつひとつを別々に考えれば、それぞれの出来事には意味がないかもしれません。でも合わさったら……それに、すべてをつなぐ要素がひとつあります」

「どんな要素だ？」

「ペリー・ローダンですよ。〝それ〟の裁きを待つ者たちはみんな、ペリー・ローダンのことを話してました。この人のことを聞いたことがありますか？」

「ないな」

　ホムンクは正直に答えた。そしてその事実に心底動揺していた。イントトロニックは完璧さを追求している。そして完璧さというのは、穴がない一連の事実に立脚してはじめて可能となる。そのペリー・ローダンなる者のせいで、完璧さが損なわれていた。

「ペリー・ローダンはすごい者に違いありません」とイメナーは続けた。「その男が単なる幻想じゃなかったら、ですが。耐えられない状況を耐えられるものにするために生みだされた、理想のイメージじゃなかったら」

「カリブソみたいにか？」

　イメナーは身を硬くした。

「カリブソは理想のイメージなんかじゃありません！」

　イメナーの目から怒りが放たれた。こんなことを言ったのがホムンクでなければ、襲いかかって殺していただろう。

「そうか？　おまえが持ち歩いている映像でしか見たことがないが」

　ホムンクはイメナーの生傷を突き、勝利に酔ってすっかり満足した。

「だから？　そんなことは何の証拠にもなりません！　カリブソは生きてます。それに、私たちはまた会えるんです！」

「おまえは、おまえのカリブソを少しは信じているのか」

「カリブソはすごいんです！」

「ペリー・ローダンの幻影と同じくらいにすごいのか？」

「あなたは……あなたは……」イメナーの呼吸が切れ切れになった。「あなたは残酷です、ホムンク！」

「私は機械だ。私は構造上残酷になることができない」と、ホムンクはもっともらしい顔で言った。「それでは、カリブソが本当に存在していて、今一緒にいるとしよう。それで何が変わる？」

「何もかもです！」

「そうか？　カリブソはどう行動するのだ？　どんな手を打つ？」

「私には……私にはわかりません。私はカリブソみたいじゃないから」イメナーは目を閉じ、一生懸命に考えた。「よく考えてから行動すると思います。あの人はいつも言ってました。『いちばん強い嵐でも、空を傷つけることはできない』って」

　ホムンクは反論しようとしたが、その瞬間にグライダーが世界の終わりに着いた。イメナーが機体を上昇させる。グライダーは曲面の側の海をせき止めているエネルギーシールドを飛び超えた。その直後、ワンダラーの平面の側から大気が宇宙へ逃げることを防いでいるエネルギーシールドを通過した。

衝撃が走り、ガタガタと音がする。

ホムンクはグライダーの後方の席に注意を向けた。カルフェシュはワンダラーの平面の側への飛行に慣れている。だがほかの者にとっては、ふたつに切断された惑星の光景は目を疑うもののはずだ。

だが妙なことに、外を見て飛びあがり、その光景にうめき声をあげたのは、青い肌の者だけだった。老アルコン人と女性とトカゲは意味深長な視線を交わし、「半球。トラムプと同じ」などとささやいている。

トラムプ。

その名前は、ペリー・ローダンと同じく聞いたことがなかった。トラムプとは何だ？彼らの言葉から判断するに、トラムプはワンダラーのような半球の世界のようだ。なぜ自分が、〝それ〟の第一の従者が、その世界について何も知らぬのだ？

イメナーはグライダーのスピードを上げた。平面の側の低空を猛スピードで飛ばしていく。虜囚たちに強烈な印象を与えようとしたのだ。成功している。間もなく地平線から中央の高台が姿を現した。岩壁は千メートル近い高さで垂直に切り立っている。水が純白のしぶきとなって縁から流れ落ち、地面に向かっていた。

イメナーは高台の岩壁へとグライダーを駆り、ぶつかる直前に右へ旋回した。その高度を保って岩壁ぞいに進む。グライダーは何度もしぶきの雲に突っこんだ。無数の滴が透明な機体に留まろうとしたが、無駄だった。風が滴を押しつぶして細かいすじに変え、機体から吹き飛ばしていく。無数の滴がグライダーの後方で尾を引いた。

イメナーは落ち着いたようだ。グライダーの操縦に専念している。ワンダラーの美しさに心酔しながら。

ホムンクの頭にふと疑問が浮かんだ。イメナーは何歳なのだ？　彼の従者になってから一〇〇年以上が過ぎている。これからどれほど生きるのだろう。〝それ〟が正当な裁きを下してから、本人に尋ねることにした。

グライダーが高台を半周ほどしたところで、イメナーはグライダーをほぼ直角に上へ向かわせた——本物の玉座があらわになる。

川の流れが高台の縁を越えてまさに深みへ落ちようとしていた。無数の湖や草原、そして機械の街が、中央の玉座を輪になって取り巻き……巨大な噴水が空に向かって何キロもの高さでそびえていた。

イメナーが噴水の周囲でグライダーを旋回させると、ホムンクは畏敬の念に襲われた。人工太陽の光が斜めから差し、奇跡のように無数の虹を生じさせる。

これが、〝それ〟の世界だ。宇宙に比類のない存在。そして彼は、ホムンクは、〝それ〟の第一の従者だった。〝それ〟が、彼にワンダラーをゆだねたのだ。

ホムンクは、〝それ〟を落胆させないためなら、どんなことでもするつもりだった。

イメナーが機体を着陸態勢に移す。機械の街の端にある空き地へ向かった。そこは楕円形で、途中で折れた柱の列に囲まれている。ホムンクがひそかに〝それ〟の玉座と呼んでいる場所だ。

ここで、〝それ〟は客を迎える——そして反逆者に裁きを下す。

グライダーはふわりと着陸した。彼らは降りた。虜囚たちは静かだった。その動きはぎこちなく、慎重すぎるほど。自分の感覚が信じられないかのように。夢を見ていて、ふいに動けば夢がいきなり終わってしまうと考えているかのように。

そのとき女性が急に腕を上げ、空を指すと、叫んだ。

「見てください！」

19

ペリー・ローダン

目に見えぬ手が、ローダンを支えていた。

地面との距離は三〇メートル、いや四〇メートルほどだろうか。落ちれば死ぬ。だがローダンは怖くなかった。この見えざる手は〝それ〟のものに違いない。彼をワンダラーへ呼び寄せた者が、彼をつかんでいる。

なぜいまさら、〝それ〟がローダンを死なせなければならない？

ローダンはセンサーフィールドに触れた。防御スーツのヘルメットが後ろへ開き、フードのように折りたたまれた。襟のように首すじにそって曲がる。

密な水滴が降りつけていた。あっという間に滴で髪がぐっしょりと濡れ、水が次々に顔を伝い落ちた。熱く、目にしみる。塩水だ。彼と仲間たちが、その流れに乗ってワンダラーの別の側からこちら側まで旅をしてきた海水だった。

ローダンは口をあけて唇をなめた。塩の味がした。命の味。

これが、永遠の命の先触れとなる味なのか？

見えざる手によって噴水のそばまで運ばれると、水滴はまばらになり、細かい滴となって、霧のように空中にかかった。ヘルメットで弱められていない噴水の轟音は、耳をつんざくほどだ。

ローダンの下に街が広がっていた。ワンダラーの別の側にある街のような、透明で錯覚と見まがう構造ではない。鋼《はがね》じみた灰色の壁に、銃眼を思わせる細長い小さな窓がいくつかある。

要塞のような街だが、今にも消えそうな姉妹都市と共通点がひとつあるようだ。この街もまた、無人なのだ。

「どこへ連れていくんだ？」とローダンは尋ねた。噴水の轟音がその言葉をかき消す。だがそんなことは問題にならないと確信していた。〝それ〟は心のなかで話しかけてきた。したがって、ローダンの考えもわかるはずだ。

答えはなかった。思い違いだったのかもしれない。それとも、〝それ〟は沈黙を好むのだろうか。

ローダンは街の上空をさらに滑っていった。街が噴水のまわりで輪になっているのがわかる。たしかな手がかりはなかったが、輪の直径は少なくとも一キロはあるだろう。

噴水はローダンの背後に小さくなった。轟音が急速に弱まっていく。細かい霧が澄んだ空気に場所を譲り、風が音や雨を遠ざけていった。

見えざる手は街の端の建物の上を通りすぎ、さらにローダンを運んだ。街の向こうに草地があった。緑のなかから楕円形の何もない広場が現れる。柱で囲まれた広場に一台の飛行装置が着陸していた。ワンダラーの別の側で見たことのある機体だ。滴形で、コバルトブルーで、下方は光沢がなく、上のほうは銀色に光っている。

機体のそばに数人が立っていた。目に見えぬ手は、ローダンを彼らのもとへ運んだ。

最初に見分けられたのはカルフェシュだった。ローダンと仲間たちを密航者としてワンダラーまで連れてきた、諜報者だ。そのシルエットは、人間にしては細長すぎ、痩せすぎだった。有柄眼《ゆうへいがん》が地面に落とす影は、ほとんど見て取れない。

カルフェシュがそこにいるという事実は、ローダンにとって驚きではなかった。諜報者は〝それ〟に仕えている。少なくともときおりワンダラーの平らな側に呼ばれるのは、当然だろう。

ところが、カルフェシュの横に型破りな者が立っていた。トカゲだ。遠目にはワニを思わせるが、人間のように二本足で歩けるようだ。

そんなことがありうるだろうか、あれが……？

そのトカゲ種族が振り返ってローダンを見た。目の覚めるような赤い眼帯が片目を覆っている。トルケル＝ホン、トプシダーの賢者だ。

トルケル＝ホンの横にいるのは、タチアナ・ミハロヴナだった。華奢《きゃしゃ》な女性テレパスが腕を伸ばし、ローダンを指している。

そしてタチアナの横にいるのは、その人のためにローダンと仲間たちが危険なミッションへ旅立つことになった男だった。死の病に冒され、永遠の命の伝説を追うべく、すべてをなげうった男だ。そして、人類に星々への扉を開けてくれた男である。

クレスト・ダ・ツォルトラル。

まるで彼らの関係を知っているかのように、見えざる手はローダンをまっすぐにアルコン人のもとまで運んだ。クレストの数歩手前でそっと地面に下ろす。

「クレスト！」ペリー・ローダンは思わず叫んだ。「私は……今の気持ちをどうお伝えすればいいのか、言葉が見つかりません」と言って黙った。

クレスト・ダ・ツォルトラルは何も言わなかった。老アルコン人は痩せたようだ。顔には深いしわが刻まれている。震えていた。目から涙があふれ、頬を伝った。

「ペリー・ローダン！　あなたは来てはならなかった……」

クレスト・ダ・ツォルトラルは恐れていた。ローダンを！

「どうしたのですか？　クレスト」とローダンは尋ねた。「われわれは永遠の命の世界にいるのですよ。あなたが望んだように。不死は伝説ではなく、事実なのです」

「はい……」クレストは自分の手をなでた。その肌はたるみ、老斑で覆われている。「ただ……」老アルコン人はそれ以上話すことができなかった。

「クレスト！」甲高い、今にも裏返りそうな声が叫んだ。「クレスト！　生きていたのですね！」

ほっそりとした人影がローダンのそばを走り抜け、老アルコン人に腕を回すと、力のかぎりに抱きしめた。トーラだ。

ローダンは振り返った。ほかの仲間も来ている。スーはクイニウ・ソプトールの手をとり、目が見えぬ者の手を引くように歩いていた。ラス・ツバイはブルの支えが必要な状態だったが、ローダンに笑顔を向けて大丈夫だと伝えた。ジャンプで体力を使いはたした、それだけのようだ。

「クレスト、もうとっくにあきらめていました！」

体が真ん中でふたつに折れても不思議ではないほどの激しさで、トーラは老人を、養父を抱きしめた。

「クレスト、私は……」

そのあとの言葉はすすり泣きに変わった。ローダンは、誇り高く自制の利いたアルコン人女性のこのような姿を、はじめて目にした。

「トーラ」ようやくクレストは言った。「いったい……」

老アルコン人は、それ以上何も言えなかった。

空から、星が落ちてきたのだ。

まばゆい光にローダンは目がくらんだ。目を細めて手をかざす。素早く反応できないクイニウ・ソプトールが悲鳴をあげた。手負いの動物のようにヒイと声をあげ、泣きながらひざまずいた。

アルコン人の血を半分引く者は、何が近づいているのか知っているのか？

ローダンは人差し指と中指のあいだに少しだけ隙間をあけた。光の球が見える。彼らのほうに落ちてきていた。宇宙から来ている？　それとも、ワンダラーの太陽から分離してきたのだろうか。

しばらくすると、その球体は地面の近くにやってきた。ローダンは、熱風がむきだしの顔の肌をなでる様を感じた。焼けつくようだ。ひりつく肌がワンダラーの昼間の涼しい空気にさらされ、かゆみを感じた。ローダンはまぶたをわずかに開き、指のあいだから広場をのぞいた。

そこに一人の男が見えた。永遠の別れを告げたと思っていた人物だ。両親よりも大事だとさえ思っていた男。自ら命を絶った者である。理由は今もわからないまま。

「カール！」死んだ伯父だと気がついて、ローダンは叫んだ。「カール！」

はげた頭をして、内側から輝きを放つひどく痩せた男は、返事をしなかった。その代わりにローダンに微笑みかけた。自分のことは心配しなくていいと伝えたいかのように。それから片手を上げると、別れを告げるように振った。

ローダンがまばたきをすると——光る球体が戻ってきた。

球体は今、広場の真ん中で頭ほどの高さに浮かんでいた。その光はまだ明るかったが、耐えられぬほどではない。ローダンは手を下げ、すっかり目をあけた。すすり泣きながらしゃがみこんでいるクイニウ・ソプトールをのぞいて、ほかの仲間たちも目を開いている。

その球体は、エネルギー生命体ハルノの話を思い出させる。だがこの……この存在は明らかに大きかった。それによく見てみると、はっきりとした輪郭を持っていない。

〈ワンダラーへよく来た、ペリー・ローダン！〉という声が頭のなかで響いた。

「おまえは誰だ？」とローダンは言った。仲間に聞こえるように、大声で。事情は百も承知のうえで。この問いに対する答えは、ひとつしかない。

返事があった。

〈私は、〝それ〟だ〉

思考の声は言った。

〈私がおまえを呼んだのだ〉

ワンダラーへ。永遠の命の世界へ。ヴィジョンの声は、〈おまえが必要だ！〉と言った。

何のために？　何のために、この神のような存在に自分の助けが要るというのだ？

だが、ローダンはこう尋ねた。

「おまえは何だ？　これがおまえの自然な姿なのか？」

〈私は、〝それ〟だ。だが今重要なのは、私ではなくおまえだ、ペリー・ローダン。不死を探す旅が、おまえを私のもとまで導いた〉

不死。ローダンは今にも膝が崩れそうだった。〝それ〟は、不死にするためにローダンをここへ呼び寄せたのだろうか。横からうめき声が聞こえた。クレストだ。

「〝それ〟よ……」老アルコン人は押し殺した声で言った。「私と私の同伴者は、あなたが永遠の命の世界を探す者に課す試練を乗り越えました。我々は栄光に値する者です。あなたの従者ホムンクが我々をそう呼んだように。我々は……」

〈黙れ、アルコン人！〉

雷鳴のように〝それ〟が言った。

〈おまえに言葉をかけるのは、私がその気になったときだ！〉

クレストは突風に襲われたかのごとく、よろめいた。口を開き、抗議をしようとして、思いとどまった。

〈私は、私が呼んだペリー・ローダンと話している。私が命を贈ると申しでている者と〉

命を贈る。永遠の命。不死。今。未来の約束ではなく。夢だ。あまりにも荒唐無《こうとうむ》稽《けい》で、夢であっても思いつきそうにない。

不死。手が届くほど近くに……。

……だが、ローダンはこの場にふさわしいはずの感謝の念も畏敬の念も感じていなかった。ロフスのことを、一万年前の過去の世界のことを思い出していた。転送機は彼らをヴェガ星系第九惑星に、フェロン人の暗黒の時代に放りこんだ。醜悪なネルランがローダンと仲間たちを捕虜にした。あのフェロン兵の首領に強制されて、レマノール襲撃に加わることになった。一〇〇年続いたフェロン人の内戦における、無数の決戦のうちのひとつである。数万の死者や負傷者を出してもなお、戦争を終結させぬ戦い……。

……ローダンは、レヤンを、水の惑星を思い出した。転送機は彼らをさらに過去の世界へ、ヴェガ星系第七惑星へ放りこんだ。フェロン人は内戦勃発の瀬戸際にあった。ある会議で、戦争か平和かの決定が下されることになっていた。ローダンはフェロン人が平和を選ぶように働きかけたが、失敗に終わった。だが、〝それ〟のシリンダー船は、ヴェガ星系に現れておきながら、戦争を防ぐ動きは何ひとつ見せなかったのである。間もなく開戦に至ることを、知っていたはずなのに……。

……彼らが次に行ったのはアンブルだった。ヴェガ星系第一〇惑星で、内戦がようやく終わってから何年も経っていた。アンブルは寒冷な世界であり、厳格にコントロールされた新たな戦後社会に順応できぬ多くのフェロン人の逃げ場だった。〝それ〟のシリンダー船が、アンブルから立ち去るようフェロン人に強制し、その惑星を〝それ〟の所有物とすべく、下準備をした……。

どの場所でも、はかり知れぬほどの苦悩に直面した。おびただしい死とともに。

何のために？

「〝それ〟よ、おまえは間違っている」とローダンは言った。「私は不死を求めてワンダラーに来たのではない。おまえがヴィジョンのなかで私を呼んだからでもない。私と仲間たちが出発したのは、友であるクレスト・ダ・ツォルトラルを救うためだ」ローダンは老アルコン人を見た。トーラの手を借りずとも自分の足で立てる力を取り戻していたが、すっかりうなだれている。「すべての人類は、そして私自身も、クレストに恩がある。クレストは、死の恐怖に駆られ、おまえの転送機のひとつに身をゆだねることになった。クレストは、永遠の命の世界をめぐる伝説の中核に、真実があると信じていた。だがそうして見出したのは何だった？　苦悩と死だ！」

〈なぜそのようなことがわかるというのだ、ペリー・ローダン？　クレスト・ダ・ツォルトラルとおまえは、別々の道を歩んだのだ〉

「形だけ見れば、そのとおりだ。だが、我々全員が、おまえがヴェガ星系のあちこちにばらまかせた転送機に身をゆだねた。我々全員が、おまえがひねり出した試練に直面した。品格を証したとおまえが判断した者だけがワンダラーにたどり着けるよう、仕組まれた試練だ。違うか？」

〈おまえは鋭い思考力を備えているな、ペリー・ローダン〉

「そうかもしれない。その判断は他人に任せる。だが私は、ひとつだけ、たしかに備えているものがある。良心だ。その良心がおまえを非難している！　いったいなぜだ？　不思議で仕方がない。いったいなぜ、転送機のような傑作をつくることができる者が、あるいは半球の惑星を安定させられる者が、さらには不死を他者に与えられる者が、何の手も打たずに、苦悩と死を看過したりできるのだ？　〝それ〟よ、なぜおまえはフェロン人の内戦を防がなかった？　おまえは時空を支配しているのだろう！　それぐらい簡単だったはずだ！」

光の球体が答えるまで、数秒の間があいた。ローダンの問いかけについて、熟考する必要があったのだろうか？

〈あの戦争を防ぐのは、正しい行為ではなかっただろうな。私は私にできる範囲で動いている。考えてみるがいい。私がいなければ、暗黒の時代を終わらせたトルトはいなかったのだ〉

「それがおまえの答えか？　おまえの答えはそれだけなのか？　おまえは、何の手も打たずに一〇〇年にわたる殺人を起こるに任せた。その理由というのが、おまえの意見によれば、それを防ぐのが正しくなかったから、というわけなのか？」ローダンは振り返り、弱々しく泣いているクイニウ・ソプトールを指した。「彼女に何があった？」

〈私は知らない〉

「知らないのか？　クイニウはおまえの転送機を通った――おまえの試練で彼女がどうなったのか、よく見るがいい！　おまえはクイニウから正気を奪った！　おまえは不死の秘密を知っていると言い張っている。そうだな？　クイニウを癒すなど簡単なはずだ。彼女を助けろ！」

〈私にはできない。治癒はクイニウ自身の内面から起こらなければならない〉

ローダンはすすり泣くクイニウ・ソプトールを見つめた。〝それ〟は真実を語っているのか？　ローダンは輝く球体に向きなおった。

「私には、おまえの主張の真偽をたしかめる手段がない。今は、それが正しいとしよう」

〈嬉しいぞ、少なくとも私の回答でよしとしてくれて、ペリー・ローダン〉

面白がっているように聞こえなかったか？　勘違いだろうか。

「クイニウ・ソプトールについてはな。だが、イルトのことはどうなんだ？」

ローダンは、キトライやほかのイルトに思いを馳せた。彼らの助けがなければ、ローダンや仲間たちは海のエネルギーシールドのそばでおぼれ死んでいたはずで――渦を通ってワンダラーの平面の側へ来ることはできなかっただろう。

〈イルトのことは知っている。彼らがどうしたのだ？〉

「彼らが陸に行こうとすれば、追い立てて殺しているだろう！」

〈私には私の理由がある〉

「命を奪うどんな理由があるというんだ？」

〈おまえは理解しようとしないだろう、ペリー・ローダン〉

「おまえはずいぶん自信があるんだな。自信がありすぎなんだ！」目の前の存在の傲慢さに、ローダンは怒りをかき立てられた。「おまえは時空を支配している。おまえは永遠の命の秘密を知っている。ワンダラーが証明しているように、おまえは本来ならありえない世界をつくることができる。人間から見れば、おまえは全能だ。だが、権力にはおのずと責任がともなうものだ。なぜおまえは、権力を他者を助けるために使わないんだ？」

〈助けている、ペリー・ローダン。だが……〉

「だが、何だ？」ローダンは心に響く声をさえぎった。「当ててやろうか。私には理解できない、そう言うんだろう？　おまえは……」

誰かがローダンの両肩をがっしりとつかんだ。レジナルド・ブルだ。

「ペリー、もうじゅうぶんです！」とブルは重々しく言った。「ここで俺たちを破滅させかねない癇癪《かんしゃく》を起こすのは、俺の担当のはずなんですがね。それでも言わせてもらいますよ。もうじゅうぶんだ！　あんたが今すぐやめなかったら、あいつは……〝それ〟は、俺たちをこてんぱんにぶちのめしちまいますぜ！」

ローダンは、友の手に自分の手を重ね、しっかりと握った。

「もう手遅れだ、レジ。俺は言うべきことをすべて言った。〝それ〟が俺たちを殺したいと思うのなら、殺せばいい」

ローダンは輝く球体を見た。光がまたたき、速いリズムで拍動しはじめた。心のなかで大きな笑い声が響く。

〈気に入ったぞ、人間よ！　だがおまえをどうこうする前に、別の件を片づけなければならない……〉

20

カルフェシュ

〈それではおまえのことだ、カルフェシュ……〉と、〝それ〟が言った。

諜報者は、死ぬときが来たと確信した。〝それ〟は自分の意志に背かれることを好まない。そのうえ、ペリー・ローダンがカルフェシュの主を非難した……。カルフェシュはまだ自分の聴覚が信じられなかった。今まで、〝それ〟を言葉で攻撃した者などいなかったのだ。

〝それ〟は面白くないはずだ。

カルフェシュは沈黙し、自分の運命が現実となるのを待った。爪の下が耐えられぬほどひりついている。呼吸が速く激しくなった。斜め後ろにライバルのホムンクが立っている。諜報者は横に突きだしたビー玉のような目で、周囲三六〇度を完璧に捉えることができる。イントトロニックを見るために頭を動かすまでもなかった。ホムンクは身動きひとつしていないが、カルフェシュにはよくわかった。イントトロニックは勝利に酔い、諜報者の死の瞬間を待ちかまえている。従者イメナーの態度がそれを物語っていた。彼女の目にあるのは、純然たる憎悪だ。

カルフェシュは、イメナーに何かをしたことがあっただろうか、と考えた。彼女は何をされたのだろう。

諜報者は、船がそばにいれば、と思った。彼の仲間は船だけなのだ。なんとグロテスクなことだろう。自然な寿命の何倍もの長きにわたった人生の終わりにあって、近しい存在が機械のみとは。このような人生に、生きる価値があるのだろうか。

〈おまえは私の意志を無視した、カルフェシュ〉と、〝それ〟は言った。〈アンブルで、ペリー・ローダンと同行者をおまえの船に侵入させた。苦闘のさなかに不要なリスクを冒してはならないとわかっていながら、船を危険にさらした。だがこれは序の口だったな。おまえは密航者をワンダラーへ運んだ。そして我が第一の従者ホムンクの目をあざむいた。クイニウ・ソプトールを私から隠そうとした。侵入者をワンダラーに放ち、これまで誰も成功したことがなかったことを実行する余地を与えた。つまり、ワンダラーの別の側へ、私のためだけの側へ、自力でたどり着かせようとしたわけだ〉

〝それ〟は一瞬黙った。輝く球体の光が拍動している。

〈どのように正当化するつもりだ?〉

　ほんの少し前まで、カルフェシュはこの問いへの答えを持ちあわせていなかった。自分を責めていた。だが、〝それ〟が問いを発した瞬間に、真実が見えたのである。それを口にした。

「私が、私が実行したことを実行したのは、そうするのが正しいと思ったからです」

〈それで、それが答えとしてじゅうぶんだと、思っているのか？〉

カルフェシュは反論しようとした。だがその前に〝それ〟が先を続けた。

〈ペリー・ローダン、同じ理由でおまえの行為も正当化できるわけか？　それが正しいと思ったから？　そしてクレスト・ダ・ツォルトラル、タチアナ・ミハロヴナ、トルケル＝ホン、おまえたちが我が第一の従者ホムンクに逆らったのも、同じ理由というわけか？　それが、我が世界に二度と戻ってきてはならなかったクイニウ・ソプトールがここに現れた理由でもあるというのか？　ただそう感じた、というのが？〉

　皆が黙っていた。

〈ホムンク、わが忠実な従者よ！　この者たちにはどのような帰結がふさわしい？〉

「ひとつしかありません、主よ。排除です」

イントトロニックはためらいもせずに答えた。

〈そのとおりだ。この者たちは過ちを犯した〉

「苦闘においては、どのような過ちも許されません」とホムンクは言った。「あまりにも多くのことがかかっているのです」

〈そのとおりだ、ホムンク。過ちは許されない。だが、この者たちの過ちは、彼らが移り気で感情に左右される有機的生命体だという事実にもとづいている〉

「はい、主よ」と、ホムンクは急いで同意した。

〈なぜ私が有機体を見捨てないのか、考えたことがあるか？〉

「私は……」イントトロニックはためらった。「はい。何度も。あなたは私のような従者を好きなだけつくることができたはずです。決して過ちを犯さない従者を。忠誠心に無条件の信頼がおける従者を」

〈そのとおり。おまえのような従者だけを使うのは簡単なことだ、ホムンク。だがそうしないと決めた。なぜかわかるか？〉

「私は……主よ、私は……」

カルフェシュはぼうぜんと話を追っていた。イントトロニックが言葉につまるところなど、これまで見たことがなかった。

〈助けてやろうか、ホムンク。私はその不完全さゆえに、カルフェシュのような有機体を使っている。彼らは過ちを犯す。彼らが抱える混乱。彼らの心で巻き起こる、自分でも理解できない感情。そして彼らは、ときおり私の意志を無視し、反逆者となる〉

「主よ、わかりません。完全さよりも不完全さを優先させる理由は、どこにあるのでしょうか」

〈生命を成り立たせているのは、不完全さだからだ。不完全であればこそ、変化が可能となる。命とは、変化だ。宇宙で命がどのように生みだされるかにかかわらず、命は新たな命を生み、生殖の過程で過ちが、変異が起こる。後退をもたらす何千という過ちのなかに、前進をもたらす変異がひとつ現れるかもしれない。だがこの建設的な変異は、数多くの否定的な変異という代償を払ってはじめて生じうる。我々の苦闘には両者が必要なのだ。ホムンク、おまえのように無条件に信頼でき、決して過ちを犯さない従者。そしてカルフェシュのように、ときによっては私にたてつき、私が私自身についてよく考えるよう、強いてくる従者〉

何が起きているのだ？　カルフェシュは〝それ〟の言葉に耳を傾けた。その言葉は胸のなかでこだましていた。だが、理解できなかった。主は何を言いたいのだろうか？

一瞬ののち、諜報者は答えを得た。

〈カルフェシュは生きる。予定されていた細胞再生を受けることを認める〉

諜報者の鼓動がはね上がり、頭のなかで痛いほど打ちつけた。〝それ〟に許された！

自分は生きるのだ！　生きる！

それに続く主の言葉は、はるか遠くに聞こえた。

〈それではおまえのことだ、ペリー・ローダン……〉

21

ペリー・ローダン

〝それ〟。

ほんのひと言。これ以上短いものは考えられぬ名前——それでいて、これ以上に多くを語るものもない。

〝それ〟とは、何だ？　ローダンは自問した。

ひとつだけは確実だった。〝それ〟は、血と肉でできた生命体ではない。だが、血と肉からならない生命体が存在しうるのか？　ローダンはここ数ヵ月、つまり、緊急着陸したアルコン船を月面でレジナルド・ブルとともに見おろしてからというもの、途方もない夢にさえ現れないようなことを経験してきた。ローダンは昔から、「ありえない」という言葉を使う場面など、めったにないと信じてきた。だが今や、ありえないという言葉を使わないことこそが、ありえないのだと思えていた。

〝それ〟は現実に存在している。〝それ〟は機械なのか？　ならば多くのことに説明がつく。〝それ〟が空から落ちてきた輝く球体であるということ――そして、宇宙空間の真空と寒さをものともせず、自力で宇宙空間を移動してきたらしいこと。また、〝それ〟が宙に浮かび、心に直接話しかけられること。〝それ〟がワンダラーという半球の世界をつくりだせること。そして何より、不死を与えられると、〝それ〟が主張していること。

　鬱積した怒りを爆発させたものの、ローダンはひとつだけは認めるしかなかった。〝それ〟は、カルフェシュを許す過程で、自らも過ちを犯す存在だけが持ちうる英知を備えていることを、証明してみせたのだ。

〈おまえは、永遠の命を求める者に私が課す試練を、見事に乗り越えてみせた、ペリー・ローダン〉と、〝それ〟は言った。〈おまえとその仲間は、傑出した勇気を持つことを証明した。おまえたちが素晴らしい判断力と対応力を持つことを。そしてもっとも重要なのは、無私だったことだ。これらをあわせ持つ者はめったにいない。不死を求める者のうちで、それを証明できるのは、ごくわずかだ〉

「我々は、なすべきことをやったまでだ」

〈違う〉と、〝それ〟は応じた。〈おまえはそれ以上のことをなしとげた。おまえはおまえの故郷世界の月で、おまえには荷が重すぎる決定を下さなければならなかった。アルコン人の宇宙船が一瞬にしておまえの世界観を覆した。おまえ自身とおまえの文明を支えていたものすべてが意味を失った。だがおまえは、恐怖心と敵対心をもって反応する代わりに、自分と人類に差しだされたチャンスだと考えた。星々のあいだで新たに生きると。地球の平和と繁栄〉

「我々の酸素は尽きようとしていた」ローダンは相手の言葉をはねつけた。「レジと私は、《アエトロン》に入れなければ窒息死していたんだ」

〈そのとおりだが、おまえが故郷の束縛を断ち切ったという事実に変わりはない。おまえはある国家の一員として、つまりアメリカ人として月へ旅立った。そして人間として、テラナーとして戻ってきた〉

「おまえは、私が果たした役割を過大評価している。私はごく普通の人間にすぎない」

〈そうだ。そしてすべての人間は、すべての有機体は、自分自身の運命を、自らの文明の運命を、いや宇宙の運命さえも変えることができる。レヤンのことを思い出すがいい、ペリー・ローダン。おまえはタイムパラドックスを引き起こすリスクを冒そうとした。フェロン人の内戦を防ぐことによって、おまえ自身とおまえが知っている世界が消えてしまいかねないリスクを〉

「何の手も打たずに見過ごしていたら、私は自分を許すことができなかっただろう。おまえは違う決定を下したようだが」

ローダンのなかで再び怒りがわきあがった。〝それ〟はフェロン人の内戦を防げたはずだ。だが、防がなかった。

〈そうだとも。ペリー・ローダン、おまえはおまえが知りうる知識をもとに心を決めた。私は私が持つ知識をもとに決定を下した〉

「おまえは多くのことを知っているんだな。おまえは、私とカクトールにあのヴィジョンを見せた」

〈そうだ〉

「何のためだ？」

〈おまえと人類の進歩を見ているのが好きなのでな〉

「それでは答えになっていないだろう。おまえは過ちが許されない苦闘のことを話していた。なぜ、地球のような辺鄙《へんぴ》で重要でもない星におまえの注意力のごく一部を向けて、時間を無駄にしたりするんだ？」

〈おまえは、おまえたち人間を過小評価している〉

「おまえがおまえを過大評価しているのと同じようにか？　おまえは神のように振る舞っている、〝それ〟。だがおまえは神ではない！」

〈本当にそう思うのか？　ペリー・ローダン。おまえの故郷の多くの文明は、私を神だと考えるだろう。私はあまねく存在し、全知全能なのだ〉

「何もかも違うな。おまえがあまねく存在するのなら、第一の従者ホムンクも、カルフェシュのような諜報者も要らないだろう。それからおまえの全知全能のことだ。私と仲間たちがおまえの前に立っているという事実が、おまえがおまえの思いこんでいるような存在ではないと証明している」

〝それ〟は、しばらく黙った。ぼうぜんとしているのか？　そこに爆笑が響いた。

〈ペリー・ローダン、おまえが来ることを、私がまったく知らなかったと、本気で考えているのか？　ここ数日ワンダラーで起きたことを、私が黙認していなかったと？〉

「知っていた可能性はあるだろう」とローダンは言った。胸の内では、知らなかった可能性はかぎりなく低いと認めるしかなかった。〝それ〟、従者ホムンク、ワンダラーの機械……いったいどうすれば、数人の素性も知れぬ野蛮人が彼らをあざむけるというのだ？　ただ。ローダンと仲間たちは、素性も知れぬ者ではない。〝それ〟が彼を呼んだのだから。

　ローダンは口を開いた。

「おまえが神だというのは、そのとおりかもしれない。だが、いつから神が助けを求めるようになった？」

〈私がそんなことをしたのか？〉

「そうだ。ゴルで見たヴィジョンで。私はワンダラーを見た。ふたつの面を。そしておまえの声を聞いた。心のなかで、今のように。〈来い、ペリー・ローダン！　おまえが必要だ！〉私はおまえの呼びかけを追ってきた、〝それ〟。私は私の役割を果たした。だから言ってみろ。何のために私が必要なんだ？」

〈進みでるがいい、ペリー・ローダン！〉

「何のためだ？」

　ローダンはその場から一歩も動かなかった。

〈私はおまえを永遠の命の世界へ呼んだ。何のためだろうな？〉

「私がきいたことに答えていないだろう。何のために私が必要なんだ？　〝それ〟」

〈不死を受け取れば、すぐにその問いの答えを知るだろう。進みでるのだ、ペリー・ローダン！〉

　不死。ローダンはふらつくほど殴られたような気がした。めまいがした。永遠の命！　絶対に死ぬことはない……。

　うめき声がその思考をさえぎった。クレストだ。老アルコン人はよろめいた。トーラとトルケル＝ホンが二人で支えなければ、倒れていたことだろう。永遠の命の夢が現実となる——そうとわかってクレストは圧倒されそうになっていた。当然だ。クレストは老人なのだ。体内の癌は、アゾレス諸島付近の転送機を通ったあとも、とどまるところを知らずに大きくなっているはずだ。全身に転移しているだろう。老アルコン人はあと数日しか生きられないかもしれない――不死を目前にして。

〝それ〟はクレストの癌も治せるのだろうか。そして。〝それ〟に治す気はあるのだろうか?

「なぜ私だけなんだ?」とローダンは尋ねた。「私の仲間はどうなる?」

〈今日という日に不死を受け取れるのは、一人だけなのだ。これで最後だ。進みでるがいい、ペリー・ローダン!〉

ローダンはクレストの悲鳴を覚悟した。だが何の声もしなかった。今まで聞いたこともないため息がひとつ。老アルコン人が最後の力を使いはたし、ついに生きる意志を失ったかのような。

ペリー・ローダンにとり、これまで〝それ〟に課されたどの試練よりも、過酷な要求であった。

「断る」ローダンは一歩下がった。「おまえの不死は、要らない」

22

ペリー・ローダン

超小型宇宙船が、ペリー・ローダンをクレストのもとまで案内している。シリンダー船内の移動を先導するのは、前腕ほどの《スターダスト》。これはホログラムであり、地球の尺度で考えれば圧倒的なテクノロジーだが、ローダンにとってはここ数カ月で日常茶飯事となっている。それでも現れた月シャトルの完璧さには驚かされた。この《スターダスト》は、ごく細部まで正確に再現されていたのである。

なぜこのシリンダー船はこんなことまで知っている？　このシリンダー船は、諜報者カルフェシュは、いや、〝それ〟自身も、ローダンや人類について、さらにどんなことを知っているのだろうか。

最後の隔壁が目の前で横に滑って開くと、シリンダー船の外被に接した部屋が目に入った。展望台を思わせる。船体は透明で、宇宙空間を見ることができた。地球の飛行機に乗って街や村の明かりを眺めるようなスピードで、シリンダー船のそばを星々や星雲が通りすぎていく。

薄明かりのなか、背の高いすらりとした男が立っていた。

クレスト・ダ・ツォルトラル。老アルコン人。

だがローダンは、そう考えるやいなや胸のなかで訂正した。クレストはもはや老人ではない。その姿勢はまっすぐで張りがあり、体力みなぎる若者のようだった。

「どうぞお入りください、ローダン」クレストは静かに言った。「遠慮することはありません」

「ありがとうございます！」

ローダンは部屋に足を踏み入れた。なぜ自分が来た音が聞こえたのだろう、と不思議に思いながら。隔壁は音もなく開いた。ローダン自身も物音は立てなかったし、立てていたとしても、シリンダー船全体に響く穏やかなモーター音にかき消されたはずだ。自分が来た音をクレストが聞きつけたのは、偶然だろうか。それともこれは、ワンダラーを発って以来クレストが別の存在になったことを示しているのか？　〝それ〟は、このアルコン人に不死以上のものを与えたのだろうか。

「息を呑む光景ではありませんか？」とクレストが尋ねた。

ローダンはうなずいた。シリンダー船は超光速飛行をしている。ローダンにもクレストにも、ワンダラーの位置はわからなかった。だがローダンは確信していた。この船は、まばたきを一回するごとに数光年とは言わずとも数光月の距離を進んでいる——数カ月前の人間にとっては、空想の世界で越えるのがせいぜいのところだった距離だ。

「この船は、奇跡です」とクレストは言った。地球の尺度で考えれば、奇跡のように思えるテクノロジーを擁する文明出身の男が。「我々アルコン人は、何千年も前から超光速飛行技術を使いこなしています。我々の遷移エンジンによって、船は五次元空間を通り、一瞬にして何光年もの距離を超えることができる。しかし、遷移は粗野な暴力的技術で、乗組員に苦痛や痛みを与えるものです。我々には苦痛を緩和することしかできない。この旅のような優雅さや円滑さなど、微塵《みじん》もありません。我々は今、時空を超えて旅をしているのです！」

「カルフェシュが我々をもとの時代へ連れ戻してくれると、お考えなのですか？」

「それについてはまったく疑っていませんよ」

その言葉に同意するかのように船はスピードを落とした。黄色い星がひとつ、急速に大きくなる。地球の太陽に違いない。人類が「ソル」と呼ぶようになっている星だ。ある意味で、あの星は特異性を失っていた。ローダンが月面でアルコン人と出会ってからというもの、生命を担う惑星を照らす太陽は、ほかにも無数にあることが明らかになったからだ。この太陽は、ごく普通の星になったのだ。それでもローダンは、その姿を目にして肌がむずがゆくなった。地球と太陽は彼にとって特別な場所であり、これからも特別であり続けるだろう——あそこは、故郷なのだ。

「もうすぐ地球に戻るのですね」とクレストは言い、ローダンと目を合わせた。「今のうちに、あなたにお礼を言っておきたかったのです、ローダン。あなたがいなければ、私は不時着した《アエトロン》の船内で、我が硬直した文明のために、とっくに死んでいたことでしょう」アルコン人の目に興奮の涙が浮かんだ。「私は、我が同族のことを恥じています。そして、もう少しであなたとレジナルド・ブルを月面に放置し、窒息死させるところだったのだと思うと！」

「もう昔のことですよ」とローダンは言った。

「ほんの数カ月前のことです！」

「カレンダーどおりに考えれば、そうですね。ただ、カレンダーは正しいとはいえ、その意味は限られたものでしかありません。私の胸のなかでは、月面の出会いは永遠の昔のことのように思えるのです。そして、あなたに感じたかもしれない恨みなど、クレスト、もうどこかに飛んでいってしまいましたよ」

「私は……あなたに感謝しています」クレストはうつむくと、右手の人差し指と親指で目もとの涙をぬぐった。「ここ数日のことは、警告として永久に記憶に留めるつもりでいます」

アルコン人は胸もとに手をやり、装身具のように首の鎖に掛かっている物を持ちあげた。地球の鶏卵のような形と大きさをしている。表面は光沢のない灰色で、つや消しの金属のようだった。

細胞活性装置。

「不死がこの手のなかにあります」と、クレストはゆっくりと言った。「こんなことがありうるなど、考えもしませんでした」

ローダンは首を横に振った。

「いいえ。あなたは常に、不死はありえるのだと信じていました。だからこそ、それを手に入れたのですよ、クレスト」

クレストは人差し指でその装置をなでた。

「〝それ〟は、これが私の癌を治すと言っていました」

「〝それ〟が嘘をついたと思っているのですか？」

「いいえ。細胞活性装置が私に与えている力を感じます。この感覚を表現する言葉がまだ見つからないのですが、病気については〝それ〟が本当のことを言ったのだと、信じて疑っていません。地球で診察を受ければ、私の印象が裏づけられると確信しています」

ローダンもそう思っていた。クレストとは腕の長さほど離れているが、近くから見ると、アルコン人の変化は見逃しようがなかった。皮膚の老斑はみるみるうちに消え、しわは浅くなり、ふくらんでいた涙袋まで普通の大きさに戻っている。クレスト・ダ・ツォルトラルは、不死だけでなく、若返りまで贈られたかのようだった。どこまで若くなるのだろうか。

アルコン人も同じようなことを考えていたのだろう。だが、目に見えぬ重荷を背負いこんだようでもある。

「あなたは考えられるかぎりで最大の贈り物を受け取ったのですよ」と、ローダンは言った。「それなのに、あまり幸せそうには見えませんね」

「ああ、これから幸せになるのでしょう！」クレストは細胞活性装置を放すと投げやりな仕草をした。卵形の装置が胸に落ちる。「ただ……私は子どもの頃から永遠の命の世界の伝説に魅了されていました。はじめて聞いた瞬間から、伝説以上のものだと感じていたのです。成人してからは、ずっとその手がかりを追ってきました。周囲から馬鹿にされないように、たいていは隠れて取り組んでいましたよ。その情熱を人に見せる勇気がなかったのです。人生が終わりに近づいてはじめてその勇気を出せたのですが、もう手遅れでした。《アエトロン》による調査飛行は、死にゆく老人の自暴自棄な行為にすぎなかったのです」

クレストはしばらく黙り、気を取りなおした。

「今、夢が現実になりました。永遠の命の世界を見つけ、私は不死を獲得した――だが心に喜びを見出せないのです。わかりますか？　ローダン」

「わかるような気がします。子どもの頃、私には夢がありました。空を飛びたかったのです。ただ、エンジンの力によってではなく――本当に飛びたかったのです。鳥のように。私の両親はそんなことをしてほしいと思っていなかったので、引きとめるためにできるだけのことをしましてね。でも私はあきらめませんでしたよ。小遣いをためて、それから少し稼いだりもしました。パラグライダーの飛行ができるだけのお金が貯まるまで――二人《タンデム》乗りの遊覧飛行《フライト》ですが」

「いくつのときですか？」とクレストが尋ねた。

「九歳です。本来ならば、タンデムフライトのインストラクターが私を連れて飛ぶのは、許されないことでした。保護者の許可が必要だったのですが、私の両親にそんな話はできませんでしたからね。いけないと言うに決まっていますから。それでもインストラクターは一緒に飛んでくれました。私がどれほど空に憧れているのか、感じ取ったからだと思います。そして、その飛行は……その飛行は息を呑むものでした。おあつらえ向きな上昇気流を捉えて、二時間近くも飛んだのです。私は、地球でいちばん幸せな子どものはずでした」

「だが、そうではなかった」

「はい。私は抜け殻のようでした。空を飛ぶというのは、もっと素晴らしいことだと想像していたのです」

「それでもあなたはパイロットになったのですか？」

「はい。それでも私は飛びたいと思いつづけていました。しかしあの最初の飛行が、私は違う形で飛びたいのだと教えてくれたのです。乗客としてではなく、ということです。自分の思いどおりに飛びたかったのです。そのことを、まず最初に理解しなければならなかったのでしょう」ローダンは細胞活性装置を指した。「私のたとえ話を何にでもあてはめるべきではないとわかっていますが、今のあなたの課題は、不死を理解することではないか、と思うのです。クレスト」

「理解するには、長い時間がかかりそうですね」アルコン人は片手で細胞活性装置を包み、しばらく目を閉じた。自分の内面に耳をすまし、その装置が送りこんでくる力を感じているのだろう。「しかし、私が今じゅうぶんに持っているものがひとつあるとすれば、それは時間なのでしょう」クレストは目を開けた。「ただ、この罪悪感を克服できるかどうか、わからないのです」

「どのような罪悪感だというのですか？　あなたは、〝それ〟の試練のあいだ、良心に反することは何ひとつしていないのでしょう」

「そう願っています。しかし私が言っているのは、別の罪悪感のことです。この不死は本来、私のために用意されたものではありませんでした。〝それ〟は、あなたを選んだのですから、ローダン」

「はい。しかし私が決めたのですよ。あなたに不死を譲ると、クレスト」

「あなたは、そのようなことをしてはならなかったのです！」

「私はああするしかありませんでした。私は若く健康ですが、あなたは……。あなたは年老いて病に冒されていました。あなたの体で猛威をふるう癌をスーが超能力で取り除けたとしても、あなたに残される時間はほんの数年だったでしょう。これからあなたがなすべきことのためには短すぎる時間だ。我々にはあなたが必要なのです、クレスト！」

「言葉が見つからないほど光栄に思っています」再びアルコン人の目に涙が浮かび、頬を伝った。「あなたには永遠の借りができてしまいましたね、ローダン」

　そうこうするうちに太陽はますます近づいていた。地球から見あげるのとほぼ同じ大きさになっている。ローダンはいくつもの惑星を見分けることができた。赤いビー玉、あれは火星だろう。もう少し大きくて輪があるビー玉、土星だ。プラネタリウムの映像のようだった。その瞬間に、まさにそのとおりなのだと気がついた。ローダンとクレストは普通の窓越しに宇宙を見ているのではなく、船が二人のために特別に用意した映像を見ているのだから。

「もうひとつ、どうしても頭から離れない疑問があるのです」とクレストが続けた。

「代償ですね」

「はい」クレストは驚いてローダンを見た。「はじめて会ったときから、あなたは明晰《めいせき》な頭脳の持ち主だと思っていましたが……」

「……しかし、あなたの褒め言葉は私に向けられるべきものではありませんよ。何年も一緒にいるうちに、レジの現実主義な性格が私にもうつったのでしょう。レジの好きな言葉にこういうのがありましてね。『タダ飯なんてあるもんか《ゼア・エイント・ノー・サッチ・シング・アズ・ア・フリー・ランチ》』――これはつまり、『人生に無料のものは存在しない』ということです。永遠の命も同じことでしょう」

「あなたの友は驚くべき人ですね、ローダン」

「レジに聞かれないように気をつけてくださいよ！」ローダンは微笑んだ。「あなたの終わりなき日々のあいだ、ずっと同じことを聞かされるはめになりますからね！」

「気をつけるようにしましょう」微笑みがアルコン人の顔をかすめた。だがすぐに真剣になる。「不死の代償は何なのだろうかと、考えているのです」

「〝それ〟が要求することですか？　何も言っていませんでしたが」

本当に何も言っていなかった。だがローダンは、双胴船でクイニウ・ソプトールに触れたとき、彼女が口にしたわずかな言葉を思い出した。「ペリー・ローダン！　私は……エルンスト・エラート……頼まれて、あなたに……」ソプトールは自分に何を伝えようとしたのだろうか。頼み？　警告か？　あのドイツ人は、精神となって体から離れ、時空を超えて旅をしていた。エラートは〝それ〟と出会ったのだろうか。もしそうなら、〝それ〟

の何を知っているのだろう。

「〝それ〟は代償を要求するでしょう」クレストがローダンの思考をさえぎった。「そうすることしかできないはずです」

「苦闘のことですか？」

　それは、〝それ〟がついでのようにしか触れなかったことだ。だがローダンは一瞬にして見抜いていた。その言葉は、〝それ〟が口にしたうちで、もっとも重要なものであった。

「苦闘です」とクレストは同意した。「苦闘とは摩擦を意味するものです。この言葉に恐怖を感じていると、認めるしかありませんね」

「恐れることはありませんよ」とローダンは応じた。「その苦闘が何であるにせよ、〝それ〟が繰り広げている戦いなのでしょう。我々の戦いではない」

「そう言うのは簡単ですが」クレストの額にしわが寄った。「我々が前線に足を踏み入れることになったら、どうするのですか？　つい最近の人類の歴史を振り返ってみてください。地球には数多くの文明が存在していて、あるものは技術的に大きく進歩し、またあるものは遅れていました。原始的な技術を持つ文明が、進歩した文明に制圧され、殲滅《せんめつ》される、そのような例は枚挙にいとまがありません。あるいは、進歩した文明が原始的文明を利用して代理戦争をしたこともありました。〝それ〟のものに比べれば、アルコンの文明でさえ原始的なのです。紛争に巻きこまれてしまえば、我々に打つ手はないでしょう」

「そうかもしれません。それでもふたつ指摘させてほしいことがあります。技術的に優位にあるという理由で、ある文明が別の文明よりも優れている、そのようなことが常に成立するわけではないということです。月面での我々の出会いのことを思い出してください、クレスト」

「先ほども言いましたように、決して忘れることはありません。もうひとつのご指摘は？」

「私は、何も知らないままで死ぬよりは、知ってから死にたいと思っている、ということです。我々は……」

ある声がローダンの言葉をさえぎった。

「あと数分で地球に到着します」

諜報者カルフェシュが部屋に入ってきた。ビー玉のような目と、呼吸用開口部と、唇のない口を持つこの男は、はるか遠くから見なければ人間やアルコン人に似ているとは思えない。だがローダンは、ひと目でクレストと同じだと思った。カルフェシュは背すじを伸ばして立ち、何歳も若返ったように見える。〝それ〟は諜報者にも永遠の命を贈った――少なくともその一部を。そして、〝それ〟が認めれば、さらなる細胞再生を、さらなる人生を受け取っていくのだろう。若返り、これから改めて歳を取っていくのだろう。カルフェシュは細胞再生を受けた。

カルフェシュが不死の代償として差しだしたものは明白だった。諜報者は、自らの存在のすべてを〝それ〟と苦闘に捧げたのである。

ローダンとクレストが今の言葉に反応できずにいると、カルフェシュはお辞儀をした。

「こちらへお願いできますでしょうか、栄光に値する者……」

カルフェシュはローダンとクレストの先に立って船内を歩いた。ホロが彼らのそばに浮かんでいる。そこには地球へのアプローチが映しだされていた。青い惑星が宇宙の暗黒から姿を現す。船は周回軌道に入り、テラニアへの着陸態勢へ移行した。

「船が統治機関と連絡を取りました」とカルフェシュは言った。ローダンは、ゴシュン塩湖の湖畔に集まった巨大な人垣を認めた。「船は、アプローチ中に誤解ゆえの悲劇が起きることのないよう、安全策を取ったのです」

シリンダー船が着陸した。ほぼ。巨大宇宙船は、地面から数メートルの高さに浮かんでいる。ローダンたちは仲間の待つ格納庫に着いた。仲間たちはすでに降りはじめている。目に見えぬタラップが地面まで続いていた。最初に地面へ足を下ろしたのはブルだ。ローダンの親友はスパートをかけ、膝からゴビ砂漠の砂に飛びこんだ。両手を地面へ深くさしこんで砂をつかむと、大はしゃぎで宙へ飛ばした。

ほかの者はいくらか落ち着いた歩調で続いた。彼らはぼうぜんとした顔をし、何が起きているのかほとんど理解できていない様子だった。スーはソプトールの手を引いていた。

アルコン人の血を半分引く者は、従順についていく。

　ローダンは諜報者に向きなおった。

「カルフェシュ、あなたが私や友のためにしてくれたことのすべてに、感謝します。そして、我々のためにあなたが苦境に陥ったことについて、おわびをさせてください。決して、あなたを苦しめるつもりなどなかったのです」

「あなたがたは私を苦しめたのではありません。逆ですよ」小さくきしむような音がした。諜報者が大きく息を吸い、鼻の開口部を保護するガーゼ状の生体フィルターが震えたのだ。「私は、ごく普通の死すべき者よりもはるかに長い人生を送るという特権を享受しています。ところがこの特権は、数千年以上もおこなってきた思考と行動だけを繰り返してしまうという危険をはらんでいるのです。あなたは私の目を覚ましてくれました。あなたには感謝しなければなりません」

　先に降りていった仲間のうち、最後に砂漠の熱い砂へ足を下ろしたのはトーラだった。彼女は養父を探して振り返った。

「すぐに行きますよ、トーラ！」とクレストが叫んだ。アルコン人は諜報者にお辞儀をすると、空中を歩いて地面に向かった。

「どうかお元気で、カルフェシュ！」ローダンが別れを告げた。「また会えるでしょうか？」

「会えると確信しています」と諜報者は答えた。「今の人生で会えずとも、次の人生で」

ローダンの足がゴビ砂漠の砂に触れるか触れないかのうちに、宇宙船は加速を始めた。一瞬ののち、空に小さな点が見えるだけになり、やがて消えた。まるで、はじめから存在しなかったかのように。

〈ローダンNEO〉第3シーズン刊行リスト

第17巻『テラニア執政官』*Der Administrator*　フランク・ボルシュ／柴田さとみ訳
第18巻『ヴェガ暗黒時代』*Der erste Thort*　ミシェル・シュテルン／長谷川圭訳
第19巻『トルト戴冠』*Unter zwei Monden*　マーク・A・ヘーレン／鵜田良江訳
第20巻『水の惑星レヤン』*Die schwimmende Stadt*　ヘルマン・リッター／安原実津訳
第21巻『ワールドスプリッター』*Der Weltenspalter*　アレクサンダー・フイスケス／長谷川圭訳
第22巻『時間の貯水槽』*Zisternen der Zeit*　ヴィム・ファンデマーン／柴田さとみ訳
第23巻『アトランティス滅亡』*Zuflucht Atlantis*　クリスチャン・モンティロン／鵜田良江訳
第24巻『永遠の世界』*Welt der Ewigkeit*　フランク・ボルシュ／鵜田良江訳　※本書

〈ローダンＮＥＯ〉公式ホームページ
https://perry-rhodan.net/produkte/neo

翻訳協力／品川　亮

オール・クリア（上・下）

All Clear

コニー・ウィリス

大森　望訳

〔ヒューゴー賞／ネビュラ賞／ローカス賞受賞〕二〇六〇年から、第二次大戦中英国での現地調査に送り出されたオックスフォード大学の史学生、マイク、ポリー、アイリーンの三人は、大空襲下のロンドンで奇跡的に再会を果たし、未来へ戻る方法を探すが……。『ブラックアウト』とともに主要SF賞を独占した大作

世界の誕生日

The Birthday of the World and Other Stories

アーシュラ・K・ル・グィン

小尾芙佐訳

〔ネビュラ賞／ローカス賞受賞〕傑作『闇の左手』と同じ惑星ゲセンの若者の成長を描く「愛がケメルを迎えしとき」をふくむ〈ハイニッシュ〉ものの六篇をはじめ、毎年の神の踊りが太陽の運行を左右する世界の王女を描く表題作と、世代宇宙船SFの「失われた楽園」、全八篇を収録する傑作短篇集。解説／高橋良平

ハヤカワ文庫